Helmut Orpel

Tödliche Illusionen

wellhöfer Verlag

Wellhöfer Verlag
Ulrich Wellhöfer
Weinbergstraße 26
68259 Mannheim
Tel. 0621/7188167
www.wellhoefer-verlag.de

Titelgestaltung: Uwe Schnieders, Fa. Pixelhall, Mühlhausen unter Verwendung eines Luftbildes von Thommy Mardo, Mannheim
Satz: Bittner Dokumedia, Hoisdorf

Alle Personen und Handlungen aus „Tödliche Illusionen“ sind frei erfunden. Ähnlichkeiten mit wirklichen Personen oder tatsächlichen Ereignissen sind nicht beabsichtigt und somit rein zufällig.

ISBN 978-3-939540-53-3

1

Die Rheinpromenade ist an einem Samstagnachmittag im Frühling normalerweise von Spaziergängern überfüllt. Vom Uferweg aus hat man einen freien Blick auf die Rheinbiegung und kann die Lastkähne beobachten, die hier, auf der größten Wasserstraße Europas, ihre Güter in beide Himmelsrichtungen verteilen. Schiffe von über 3.000 Kubikmetern Laderaum sind hier keine Seltenheit.

An jenem Samstagnachmittag im April gab es fast keine Spaziergänger auf dem Uferweg am Rhein. Die meisten hatten sich in ihre Wohnungen zurückgezogen und ihre Heizungen angemacht. Es war kalt und regnerisch. Schon seit Wochen war die Temperatur eingebrochen und der Frühling, der im März so hoffnungsvoll begonnen hatte, war rasch zu Ende gegangen.

Riesige Pfützen hatten sich auf dem Sandweg gebildet und die Bänke, die an sonnigen Tagen so frequentiert waren, standen verwaist und traurig am Wegesrand.

Regengrau war der Himmel schon während des ganzen Tages gewesen. Immer wieder gingen Schauer nieder, heftig und kalt. Es regnete sich für eine Weile ein. Nach einer halben Stunde ließ der Niederschlag nach, um dann, nach einer etwa halbstündigen Pause, erneut loszubrechen.

Mitten auf dem Weg verlief eine Furche, die sich nach und nach mit Wasser füllte. Diese Spur stammte eindeutig von einem Fahrrad, dessen Fahrer hier vermutlich gestürzt war. Aber weder von einem Rad noch von dessen Fahrer war weit und breit etwas zu sehen. Es war nur die Spur, die hier plötzlich endete. Eine Rinne, die sich mit Wasser füllte.

Der Regen ließ nach und das Ehepaar Jaeschke aus den ufernahen Wohnblocks machte sich bereit, ihren Hund Joschi Gassi zu führen. Jeden Nachmittag musste er raus und wenn es nur für eine halbe Stunde war. Heute konnte man den Hund sogar von der Leine lassen. Heute würde niemand schreien: „Hunde gehören an die Leine", wie das sonst immer der Fall war, wenn sich die Spaziergänger durch die große Dogge bedroht fühlten. Sie gingen den Fußweg zum Rheinpark hinunter und ließen den Hund los. Joschi genoss es, loszulaufen und imaginäre Spielkameraden zu jagen. Jaeschkes wussten: Es konnte nichts passieren, Joschi parierte. Ein Pfiff mit der Hundepfeife und er war bei Fuß. Das Ehepaar ging langsam dem tollenden Hund hinterher.

Sie unterhielten sich über den Besuch der Tochter, der jetzt eine Woche zurücklag. Sie war mit einem neuen Freund gekommen, den Jaeschkes sympathisch fanden. „Nicht so ein Streber wie der Letzte", lachte Jaeschke und verbarg seine Freude darüber nicht, dass er sich mit dem neuen Partner seiner Tochter besser verstand.

Sie waren noch nicht auf dem Uferweg, da hielt Jaeschke plötzlich inne. „Wo ist der Hund?", fragte er halblaut und blieb stehen. Er pfiff mehrmals mit der Hundepfeife, aber Joschi blieb verschwunden. Sie gingen ein kleines Stück zurück bis zu der Stelle, an der sie Joschi losgelassen hatten. Nichts war zu sehen. Jaeschke pfiff mehrfach. Nichts rührte sich in dem Gestrüpp, das sich parallel zum Flussufer an der Wiese entlangzog. Jaeschke lief ein paar Meter weiter. Hier wurde das Gestrüpp dichter und versperrte die Sicht. Frau

Jaeschke wartete am Wegrand. „Wohin ist dieser verdammte Köter verschwunden? Sonst ist er doch immer so folgsam.“

Herr Jaeschke ging ein paar Meter weiter, bis sich die Hecke öffnete und den Blick auf eine kleine Lichtung zwischen dem Gestrüpp freigab. Dort sah er seinen Hund stehen und fühlte sich erleichtert. Aber warum gehorchte er nicht? Er stand vor etwas und schnupperte daran herum. Jaeschke konnte nicht sehen, was es war. Er musste erst ein paar Schritte weitergehen. Dann erblickte er es. Ein männlicher Leichnam lag vom Regen durchnässt auf dem Boden. Ein Schuss hatte den Kopf getroffen, aber die Gesichtszüge waren noch kenntlich geblieben. Jaeschke kannte den Mann. Stadtrat Rehberger. Er zuckte zusammen und staunte mit offenem Mund.

2

Der Tote am Rhein war Jürgen Bauers erster Fall. Er wohnte nun noch keine zwei Monate in Mannheim, als er zum Tatort gerufen wurde. Passanten hatten den Toten gefunden. Sie waren mit dem Hund noch rausgegangen, nachdem es aufgehört hatte zu regnen. Bis zu diesem Zeitpunkt kannte Bauer diese Ecke Mannheims nur von der großen Wandkarte her, die bei ihm im Büro hing. Ein grüner Flecken, der sich bis zur Rheinbiegung hin ausdehnte.

Kommissarin Anette Schreiber, seine neue Kollegin, hatte ihm vorgeschwärmt, wie schön es dort sei. Am Wochenende sei sie öfter mit der Familie zum Grillen dort.

Der Tote lag noch im Gestrüpp, als Bauer am Tatort ankam. Mit weit aufgerissenen Augen starrte er fassungslos in den regengrauen Abendhimmel. Der Tod hatte ihn überrascht, hatte ihn ganz plötzlich aus dem Leben herausgerissen.

Dies war nicht der erste Tote, den Bauer gesehen hatte. In Hamburg, wo er seine erste Dienstzeit verbracht hatte, stand Mord im Milieu auf der Tagesordnung. Aber dieser Tote hier entstammte mit Sicherheit nicht dem Milieu. Das sah Bauer der Leiche an. Ein unauffälliger Mann, zwischen 55 und 60.

Er könnte sein Vater gewesen sein. Die Kleidung, die er trug, leger. Er könnte sich sportlich betätig haben. Kein Jogger, eher ein Radfahrer. Aber wo war das Fahrrad? Die Spurensicherung hatte Fahrradspuren entdeckt, aber am Fundort der Leiche war kein Fahrrad zu sehen.

Bauer ging zu den Leuten, die die Leiche gefunden hatten. Ein biederes, älteres Ehepaar mit Hund.

„Wir kennen den Mann", sagte die Frau entschieden. „Das ist Stadtrat Rehberger. Über ihn steht oft etwas in der Zeitung." Bauer schrieb den Namen in seinen Notizblock. „Gustav Rehberger", ergänzte der Mann, der Bauer beim Schreiben beobachtete. „Ich habe ihn sogar gewählt. Er war noch einer der wenigen Politiker, die Wort gehalten haben. Die anderen machen nur Versprechungen, die sie dann nicht halten. Das haben wir schon oft erlebt. Aber Rehberger war anders. Er stand zu seinem Wort."

Einige Polizisten kamen auf die Gruppe um Bauer zu. „Wir haben ein Fahrrad in der Uferböschung gefunden", berichtete der Streifenpolizist, der als Erster bei Bauer ankam. „Das Rad hat noch nicht lange dort gelegen. Es zeigt keinerlei Spuren von Rost. Vielleicht hat es dem Mann gehört."

Der Polizist blickte den Toten an. Auch er kannte ihn und er bestätigte die Angaben der Zeugen.

„Stadtrat Rehberger setzte sich für die kleinen Leute ein. Jede Woche stand etwas über ihn in der Zeitung. Oft auch Negatives. Ich glaube, die von der Presse mochten ihn nicht besonders“, ergänzte der Polizist. „Er galt als Quertreiber.“

‚Dann hatte er sicher auch viele Feinde‘, ging es Bauer durch den Kopf. Er steckte den Notizblock in die Manteltasche. Viel Neues würde er von den Zeugen jetzt nicht mehr erfahren. Er hatte ihre Adresse und die Telefonnummer aufgeschrieben und sich von ihnen verabschiedet.

Ein toter Stadtrat, der sich unbeliebt gemacht hat. Er würde Presseartikel wälzen müssen, um herauszufinden, wem er möglicherweise auf die Füße getreten ist. „Aber“, so hatte er während seiner ersten Dienstjahre gelernt, „man soll sich von Vorurteilen möglichst freihalten, möglichst den ganzen Menschen erfassen, die unzähligen Facetten, die ein Menschenleben ausmachen, es bestimmen.“

Vor ihm stand eine große Aufgabe. Sein erster großer Fall, seit er den Dienst in Mannheim angetreten hatte. Er ging zu seinem Wagen, den er etwas oberhalb der Fundstelle, auf einem Waldparkplatz abgestellt hatte.

Kommissar Bauer war stolz auf seinen neuen Renault, den er sich in der letzten Woche gekauft hatte. Es war sein erster Neuwagen. Bis dahin hatte er sich nur gebrauchte Autos leisten können, aber das würde jetzt anders werden.

Er fuhr auf den Hof des Polizeipräsidiums, das am Rande der Innenstadt von Mannheim lag. Das Gebäude stammte aus der Gründerzeit. Der Terrazzofußboden zog sich durchs ganze Haus, durch die weiten, verschlungenen Gänge und über sämtliche Stockwerke hinweg. Noch war Bauer mit dem

Gebäude nicht so vertraut, dass er sich überall zurechtfand und in der ersten Woche hatte er sich ein paar Mal verlaufen. Bauer ging über mehrere Treppen, von denen zwei in die Tiefe und drei wieder heraufführten, in einen Raum im zweiten Stock. „Mordkommission" stand an der Tür und die Nummer 202. Das war seine Abteilung.

Er teilte sich sein Zimmer mit Anette Schreiber. Ihr Schreibtisch stand näher am Fenster als seiner und war ordentlich aufgeräumt. Seine Ablage hatte sich in den paar Wochen, in denen er nun hier Dienst tat, ziemlich gefüllt. Er sollte sich mal einige Stunden Zeit nehmen, um die Schriftstücke sorgfältig abzuheften, sonst würde unweigerlich Chaos entstehen. Er setzte sich an den Schreibtisch und schaltete den Computer ein.

An diesem regnerischen Samstagnachmittag im April waren wenige Beamte im Dienst. Außer dem Pförtner hatte Bauer nur drei Kollegen auf den Gängen getroffen. Bauer gab den Namen „Rehberger" in den Computer ein und erhielt über Google gleich eine ganze Menge Informationen.

‚Wirklich ein sehr engagierter Stadtrat', dachte der Polizist. Vor allem im Sozialbereich war er sehr aktiv gewesen. Und er hatte in seiner Fraktion zu den wenigen Gegnern des Regionalflughafens gehört. Obwohl dieser Regionalflughafen, der mitten in der Stadt lag, vielen Anwohnern ein Ärgernis war, gab es unter den Lokalpolitikern nur wenige, die sich gegen diesen aussprachen. Aber lag hierin ein Mordmotiv?

Bauer überlegte, ob er Anette anrufen und ihr von dem Mord an dem Stadtrat berichten sollte. Bisher hatte er zu ihr einen ziemlichen Abstand verspürt, obwohl er sich in den ersten Tagen ihrer Bekanntschaft sehr um ihre Aufmerksamkeit bemüht hatte. Sie kam wie er aus Norddeutschland. Anfangs hatte er gehofft, in ihr eine verwandte Seele zu finden. Aber je länger sie in der ersten Zeit zusammengearbeitet hatten, desto deutlicher wurde ihr Abstand. Anette wirkte nach außen hin spröde. Bisweilen konnte sie auch grob sein. Mehrmals hatte sie Zeugen angeschrien, die widersprüchliche Angaben machten.

‚Aber, was weiß ich schon von ihr', fragte er sich.

Bei den gemeinsamen Kantinenbesuchen hatte er nicht viel über sie erfahren können. Sie war verheiratet und hatte drei Kinder. Ihr Mann arbeitete als Konstrukteur bei der Daimler AG.

‚Sollte er am Wochenende ihr Privatleben stören oder wäre es besser, bis Montag zu warten?' Er überlegte lange. ‚Die Kriminaltechniker werden sowieso noch bis Montag brauchen, um alle vorhandenen Spuren auszuwerten', tröstete er sich und legte den Hörer, den er gerade aufgenommen hatte, dann doch wieder auf die Gabel zurück.

Aber auf jeden Fall würde er jetzt die Angehörigen des Mordopfers verständigen müssen. Zu den Angehörigen – er wusste mittlerweile, es gab eine Frau und auch Kinder – wollte er nicht alleine fahren. Wieder dachte er an Anette. Er nahm den Telefonhörer in die Hand.

‚Anette ist nicht einfühlsamer als ich', überlegte er. Die Szene mit den Zeugen beschäftigte ihn immer noch. Er legte den Hörer abermals zurück und entschloss sich, den Beamten des Streifendienstes mitzunehmen, den er am Tatort kennengelernt hatte.

Kommissar Bauer rief die Zentrale an und ließ sich die Nummer des Kollegen geben. Scheck hieß er. ‚Scheck, ein merkwürdiger Name', ging es ihm durch den Kopf.

3

Der Beamte tat in der Nähe des Rheinparks, wo man Rehbergers Leiche gefunden hatte, seinen Dienst. Bauer verabredete mit Scheck, dass er ihn abholen würde und beide dann zusammen der Witwe des Ermordeten die Nachricht überbringen wollten.

Ein schwerer Gang. Bauer spürte durchs Telefon, wie gern sich Scheck vor dieser Aufgabe gedrückt hätte. Aber die Nachricht der Witwe zu überbringen, war ihm nicht nur aus dienstlichen Gründen Verpflichtung, bemerkte Bauer. Scheck hatte Respekt und Hochachtung vor Rehberger. Keine halbe Stunde später stand Bauer mit seinem Renault vor dem Polizeirevier am Rheinpark. Scheck hatte bereits draußen gewartet und stieg rasch in den Wagen ein.

Er dirigierte Bauer in einen Vorort von Mannheim, den der Kommissar bis dahin noch nicht wahrgenommen hatte. Dieser Ort glich einem idyllischen Dorf, weit weg von der Großstadt und doch waren es nur knapp fünfzehn Minuten bis zum Zentrum von Mannheim, einer Stadt mit über 300.000 Einwohnern. Der Kern jenes Dorfes bestand aus Fachwerkhäusern, die sich am Neckar entlangzogen, der einige Kilometer weiter nördlich in den Rhein mündete.

In der Ortsmitte parkte Bauer auf Anweisung Schecks den Wagen. Sie gingen zu Fuß zum Haus, das Scheck gut zu kennen schien. Er klingelte. Drinnen hörte man Stimmen. Eine ältere Frau öffnete. Sie hatte eine Kittelschürze an, wie sie Bauer von seiner Großmutter her kannte.

Bauer atmete durch. Er war froh, dass Scheck mitgekommen war, und überließ ihm gern die Initiative. Während seiner Ausbildung hatte er Kurse besucht, bei denen es darum ging, wie sich ein Polizist in einer solchen Situation angemessen zu verhalten hatte. Wie vermittelt man einer Person, die mitten im Leben steht und auf die Heimkehr ihres geliebten Mannes wartet, dessen Tod? Wie sagt man so etwas, ohne zusätzlich Schmerz zu bewirken oder banal zu erscheinen. Scheck schluckte und ergriff das Wort.

„Frau Rehberger, wir müssen Ihnen eine traurige Nachricht überbringen, Ihr Mann ist tot. Wir haben ihn heute gefunden."

Frau Rehberger wurde blass und griff hinter sich nach einem Stuhl. Aber da war kein Stuhl. Scheck fasste rasch ihren Arm. Im Hintergrund hörten sie das Geschrei kleiner Kinder, die sich um ein Spielzeug stritten. „Gustav tot, tot", flüsterte sie entkräftet und blickte die beiden Polizisten an, so als könnten die den furchtbaren Gehalt dieser Nachricht entkräften.

Die Polizisten und Frau Rehberger saßen sich schweigend im Wohnzimmer gegenüber. Der Regen trommelte gegen die Fensterscheiben. Bauer hatte das Gefühl für die Zeit verloren.

„Hatte er einen Unfall?", fragte Frau Rehberger schließlich in die Stille hinein.

„Nein, es sieht nach einem Gewaltverbrechen aus. Ihr Mann ist offensichtlich ermordet worden", schaltete sich Bauer ein. Die Frau schaute sie nun noch ungläubiger an.

„Ein Verbrechen? Jemand hat Gustav umgebracht?"

Frau Rehberger schüttelte fassungslos den Kopf.

„Wo wurde er gefunden und wann?“, wollte sie wissen.

„Heute Nachmittag, von Spaziergängern im Rheinpark ist er gefunden worden. Wir wissen noch nicht, wann er umgebracht wurde. Die Untersuchungen dauern noch an. Es waren wenig Leute im Park, wegen des Regens.“

„Wann kann ich ihn sehen?“, war die nächste Frage von Frau Rehberger.

„Sie müssen den Leichnam Ihres Mannes identifizieren“, erinnerte Scheck.

„Das hat bis Montag Zeit“, sagte Bauer.

„Dann wird der Leichnam sicher bald zur Beisetzung freigegeben“, fügte er noch hinzu, um jener weiteren Frage, welche die Witwe wohl als nächstes stellen würde, zuvorzukommen.

„Dürfen wir Ihnen ein paar Fragen stellen? Es tut mir leid, aber jede Minute ist wichtig, um den Mörder zu fassen. Ich kann aber auch morgen ...“, leitete Bauer das weitere Gespräch ein.

Frau Rehberger war eine starke Frau, die sich vom Schicksal nicht so leicht unterkriegen ließ und dass der Mörder ihres Mannes gefasst würde, lag natürlich auch in ihrem Interesse.

„Fragen Sie nur“, lud sie ein. „Wenn ich helfen kann.“

Bauer holte seinen Notizblock aus der Jackentasche.

„Wissen Sie, wo Ihr Mann am Samstag gewesen ist?“, begann er die Befragung.

„Ich weiß es nicht“, antwortete die Frau. „Er war sehr eigenbrötlerisch und brauchte seine Rückzugswinkel, sonst war er total unglücklich. Wie Sie sicher wissen, war mein Mann seit einigen Jahren Stadtrat. Seine Aufgaben nahm er sehr ernst und schimpfte immer über Leute, die sich wählen ließen und sich danach um nichts mehr kümmerten.“

Sie zerknüllte das Taschentuch, das sie in der Hand hielt, und unterdrückte die Tränen.

„Gustav wollte immer alles ganz genau wissen. Er verbrachte viel Zeit damit, städtische Baumaßnahmen genau zu beobachten. Dadurch hat er sich auch in seiner eigenen Partei ziemlich viele Feinde gemacht. Er wusste zu viel."

Bauer machte sich Notizen. So langsam entstand ein Bild in seinem Kopf. Ein unabhängiger, detailverliebter Kommunalpolitiker, der auf eigene Faust Nachforschungen anstellt und sich nicht einfach der Parteidisziplin unterordnet, das war als Mordmotiv vorstellbar. Mit so etwas würde Mannheim keine Kriminalgeschichte schreiben. Jetzt hatte er aber wenigstens einen weiteren Anhaltspunkt für seine Ermittlungen.

„Wissen Sie, mit was sich Ihr Mann gerade beschäftigt hat?", wollte Bauer wissen.

„Ich weiß es nicht so genau", antwortete die Angesprochene mit Tränen in den Augen. „Er tat immer so geheimnisvoll. Gustav sagte zu mir: ‚Je weniger du weißt, desto besser ist es für dich. Du kannst ruhiger schlafen in der Nacht.' Das sagte er in der letzten Zeit öfter. Ich war im Grunde genommen froh darüber. Wenn Sie mit einem Kommunalpolitiker zusammenleben, dann sind Sie eines Tages froh, wenn Sie nicht in alles eingeweiht werden."

Sie weinte wieder und sie erinnerte sich: „Ich bin gerne mitgegangen, wenn irgendwo irgendwelche Feste waren. Ich habe es auch genossen, wenn die Leute Gustav gelobt haben. Er wurde oft gelobt, denn er hat vielen Menschen geholfen. Er kannte sich gut aus. Man fragte mich manchmal auch um Rat. Aber ich habe dann immer gesagt: Die Politik, die macht bei uns mein Mann. Ich bin für den Haushalt zuständig und für den Garten. Da habe ich Beschäftigung genug."

Bauer sah die Frau nachdenklich an. Sie tat ihm leid. Jetzt würde sie allein dastehen mit dem Haus und dem Garten.

‚Ihre Enkel werden ihren Großvater nicht mehr erleben', ging es Bauer durch den Kopf.

„Hat Ihr Mann ein Arbeitszimmer hier im Haus oder einen Schreibtisch?", fragte der Kommissar. Trotz Pietät drängte die Zeit. Er musste Witterung aufnehmen und noch hatte er keine klare Vorstellung, welche wie auch immer geartete Recherche den Stadtrat zum Mordopfer hatte werden lassen. Vielleicht würden sie hier in den Privaträumen einen Anhaltspunkt finden.

Frau Rehberger führte die beiden Polizisten die Treppe hinauf. Dort hatte Rehberger sein Büro. An den Wänden zogen sich Regale entlang, in denen, sauber nach Farben geordnet, Ordner nebeneinanderstanden. Rehberger war offensichtlich ein Ordnungsliebhaber gewesen. Das fiel Bauer sofort auf und rief in ihm Bewunderung hervor.

Gewissenhaft und sorgfältig waren die Vorgänge in diesen Ordnern abgeheftet. Es war scheinbar leicht, sich in diesem Archiv zurechtzufinden. Die Witwe ließ die beiden Beamten allein und ging wieder die Treppe hinunter.

Scheck hatte es sich in dem Sessel bequem gemacht und ließ die Augen über die Ordnerrücken gleiten. Bauer folgte seinen Blicken und fragte sich, an welchem der Ordner der Blick des in Mannheim beheimateten Streifenbeamten wohl hängen bleiben würde. Scheck erhob sich plötzlich und ging zielsicher auf einen bestimmten Ordnerrücken zu. Bauer folgte ihm mit den Blicken. Auf dem Aktenrücken war in sauberer, schwarzer Schrift die Bezeichnung Regionalflughafen Mannheim zu lesen.

Rehberger war ein Gegner des Regionalflughafens, das

wusste Bauer bereits durch seine Nachforschungen. Bauer sah Scheck fragend an.

Der erklärte: „In der SPD war kaum jemand offen gegen den Flughafen, obwohl es viele Gutachten gab, die vor möglichen Gefahren warnten. Die Landebahnen seien zu kurz und zu nah an der Stadt. Wirklich große Maschinen können hier gar nicht landen, viel zu gefährlich."

Scheck reichte den Ordner Bauer und hielt mit dem Finger eine Seite auf.

„Das sind die Start- und Landebewegungen", fügte er erklärend hinzu. „Nach diesen Aufzeichnungen haben die sich im letzten Jahr mehr als verdoppelt – aber das ist bekannt. Das stand schon in der Zeitung. Ursache dieses Aufschwungs sind eine Reihe neuer Ansiedlungen in Flughafennähe. Seit der neue OB im Amt ist, hat sich dort tatsächlich einiges getan, was sich günstig auf die Bilanz der Flughafengesellschaft auswirkt. Dieses Plus an Starts und Landungen bedeutete vor allem eine Verringerung des Defizits, das der Flughafen in früheren Zeiten erwirtschaftet hat und für das die Stadt aufkommen muss, denn der Flughafen ist eine städtische Gesellschaft, für die die Stadt mit ihren Steuereinkünften bürgt."

„Könnte hier ein mögliches Motiv für den Mord liegen?", grübelte Bauer.

„Der Protest gegen den Regionalflughafen wird sicher keinesfalls mit der Pistole ausgetragen", sagte Scheck lächelnd. „So brisant ist die Sache nun wirklich nicht. Die Flughafenbefürworter haben eindeutig die Mehrheit und solange sich das nicht ändert, wird der Flughafen weiter betrieben und vielleicht sogar noch ausgebaut. Diese Diskussion verfolge ich schon seit zehn Jahren. Die Grünen machten zwar mit ihrer Forderung, den Flughafen zu schließen, Punkte, aber die SPD ist gegen die Schließung, die CDU sowieso und die FDP sowie die Freien Wähler sind sogar noch für den weiteren Ausbau. Sie sehen das wirtschaftliche Potenzial Mannheims mit diesem Flughafen verknüpft.

Nach dem Aufschwung, den der Flughafen unter OB Frisch genommen hatte, wurden die kritischen Stimmen gegen den Flughafen eher leiser. Außer den Grünen war da zum Schluss nur noch Rehberger als einziger Gegner übrig geblieben."

Ihr Gespräch wurde unterbrochen. Es klopfte an die Tür. Eine Frau, vermutlich die Tochter Rehbergers, fragte, ob die Beamten etwas zu trinken wünschten. Sie verneinten beide. „Wir müssen gehen", sagte Bauer. Sie verabschiedeten sich und gingen zum Wagen.

4

Der Regen schien für einen Augenblick Pause gemacht zu haben. Aber nach den grauen Wolken zu urteilen, würde diese Pause nur von kurzer Dauer sein.

Bauer startete den Wagen und fuhr auf der nun bekannten Strecke Richtung Stadtzentrum zurück. Auf dem Weg dorthin setzte er Scheck ab, dessen Dienst in der Polizeiwache am Rheinpark erst später enden würde.

Bauer wohnte in der Nähe des Rathauses, also mitten im Zentrum. Aber eigentlich wohnte er gar nicht in Mannheim.

Er war in dieser Stadt noch nicht einmal zur Hälfte angekommen. In der Wohnung standen Möbel, Küchengeräte und Umzugskartons ziemlich planlos durcheinander. Küchengeschirr, wichtige Gebrauchsgegenstände, einige Bücher hatte er aus den Kisten herausgenommen. Er fühlte sich nicht heimisch in Mannheim. Das Einzige, was ihn wirklich an diese Stadt band, war die gute Stelle bei der Polizei. Er wusste, dass ihn viele Kollegen darum beneideten und manche auch gern einen anderen in dieser Position gesehen hätten. Das machte Bauer zu schaffen. Es war auch tatsächlich nur Zufall gewesen, dass er diese Stelle bekommen hatte, denn ein erfahrener Mannheimer Polizist hatte sich ebenfalls um den Posten beworben und der hatte als der eigentliche Favorit gegolten.

Bauer hatte sehr zu kämpfen und er war, das konnte er nach den ersten Monaten feststellen, immer noch nicht anerkannt. Oft kam er erst lange nach Dienstschluss nach Hause und war total fertig. Er lag dann zwei Stunden auf dem kleinen Sofa, bis er endlich wieder einen klaren Gedanken fassen konnte.

Das Appartement, das er auf die Schnelle gemietet hatte, war eigentlich viel zu teuer und er ärgerte sich jedes Mal, wenn er den Abbuchungsbetrag auf seinem Konto sah. Zwei Zimmer mit Einbauküche im fünften Stock und das für 800 Euro kalt. Gut, es gab einen Fahrstuhl, aber der war, wie er feststellen konnte, häufig kaputt. Der Balkon war schön, fast 20 Quadratmeter groß. Von dort aus hatte Bauer eine wunderbare Aussicht bis zum Rhein hinunter. Auf dem Balkon standen noch die Gartenmöbel der Vormieter, die jetzt ganz nass waren.

Die Tür vom Balkon führte in sein Schlafzimmer. Dort stolperte er über noch unausgepackte Umzugskisten. In diesen Kartons waren vor allem Bücher. Es würde Wochen dauern, bis er diese Bücher in den Regalen neu geordnet hätte.

Bauer las viel und er kochte gern. Musik war eine weitere Leidenschaft, der er sich widmete. Ernste, klassische Musik. In Hamburg war er oft in Konzerte gegangen. In Mannheim, so wurde ihm berichtet, gab es sogar eine weltberühmte Opernbühne. Bisher hatte er aber noch keine Gelegenheit gehabt, sich über das Mannheimer Kulturleben ein Urteil zu bilden. Der Stress mit den Kollegen nervte ihn ziemlich und nahm ihm jede Lust, sich mit der Stadt näher anzufreunden. Obwohl er ziemlich robust wirkte, war er recht dünnhäutig. In den ersten Wochen hatte er sich sogar überlegt, wieder zurück nach Hamburg zu gehen.

Nachdem er vom Balkon durch das Schlafzimmer und von dort wieder in die Küche gegangen war, setzte er sich schließlich auf den Rand der Badewanne und drehte den Warmwasserhahn auf. Einen Moment lang hörte er dem plätschernden Wasser zu. Dann ging er wieder in die Küche und nahm sich ein Bier aus dem Kühlschrank. Er schaltete den Fernsehapparat an und informierte sich über den Tabellenstand der Bundesliga.

Bayern stand erwartungsgemäß an der Tabellenspitze, knapp dahinter Werder Bremen, was ihn freute. Wenigstens eine Nordmannschaft, die noch mithalten konnte. Der HSV lag weit abgeschlagen im Mittelfeld.

Bauer ging ins Badezimmer zurück und legte sich in die Wanne. Das warme Wasser tat gut auf der Haut. Er wollte sich ausstrecken, doch die Wanne war zu klein und reichte kaum dazu aus. Wenn er sich nach einer neuen Wohnung umsehen würde, sollte sie eine größere Wanne haben, beschloss er.

Durch die offene Badezimmertür hörte er die Fernsehnachrichten. In Lüneburg war es wieder zu Demonstrationen gegen den Castortransport gekommen.

Diese Demonstrationen kannte er aus eigener Erfahrung. Manchmal hatte er in Gorleben monatelang Bereitschaftsdienst gehabt. Aggressive Demonstranten, die sich an den Bahngleisen festketten ließen, um den Transport der abgebrannten Brennstäbe ins Zwischenlager zu verhindern. Sie brachten sich absichtlich in Gefahr. Junge Leute, kaum 20. Manchmal waren auch Mädchen dabei.

Über den langen Bereitschaftsdienst in Gorleben war seine Beziehung mit Heike zerbrochen, mit der er seit dem Gymnasium zusammen gewesen war. Als sie mit ihm Schluss gemacht hatte, hatte er ihr keine Szene gemacht.

Sein Entschluss, sich in Mannheim zu bewerben, hatte sehr viel mit der Trennung von Heike zu tun. Hier in Südwestdeutschland erinnerte ihn nichts an die Zeit mit Heike und er glaubte, dass er hier den Trennungsschmerz leichter überwinden könne.

Langsam wurde das Badewasser kalt und Bauer entschloss sich, die Wanne zu verlassen. Er zog sich an. Gerade schlug die Turmuhr zehn. Darauf, den Tag einfach vor dem Fernsehapparat ausklingen zu lassen wie die letzten Tage, hatte er keine Lust. Er wollte noch ein bisschen raus. Ein kurzer Gang um die Häuser, vielleicht in irgendein nettes Lokal.

Bei ihm um die Ecke gab es ein solches. Gerade als Bauer dessen Tür öffnen wollte, vibrierte sein Handy. Er ging auf die Straße zurück und stellte sich in eine Hofeinfahrt, die zu einem Rechtsanwaltsbüro gehörte. Er drückte auf den Annahmeknopf. Am anderen Ende der Leitung erkannte er die Stimme von Mandel, dem Polizeipräsidenten, seinem höchsten Vorgesetzten also.

Mandel hatte den Einsatzbericht gerade gelesen und aufgrund der Tatsache, dass es sich bei dem Ermordeten um einen in Mannheim bekannten Stadtrat handelte, sofort reagiert. Von Bauer wollte er Genaueres wissen. „Es gibt da sicher noch ein paar neue Erkenntnisse, vor allem aus dem Gespräch, das ich heute Nachmittag zusammen mit Herrn Scheck vom zuständigen Revier mit der Witwe Rehbergers geführt habe. Darüber hinaus hat uns Frau Rehberger erlaubt, das Arbeitszimmer ihres Mannes zu sehen. Dort gibt es eine Menge Akten, die noch ausgewertet werden müssen. Vor allem Rehbergers Engagement gegen den Regionalflughafen könnte eine Spur sein, die uns zum Täter führt. Vielleicht ist er damit jemandem auf die Füße getreten. Aber das wissen wir alles noch nicht."

Der Polizeichef wollte etwas über den Todeszeitpunkt wissen.

„Die Gerichtsmediziner haben mir versprochen, dass sie bis Montag erste Untersuchungsergebnisse vorlegen werden. Sie arbeiten das Wochenende durch. Das ist vorläufig alles, was ich sagen kann."

„Ich bin morgen um neun im Präsidium. Wir müssen die Sache voranbringen. Bitte kommen Sie dann auch dazu. Also um neun in meinem Büro."

„Dann bis morgen, Herr Polizeipräsident", schloss Bauer das Gespräch. Mandel wünschte ihm noch eine gute Nacht.

Bauer verfluchte sich, dass er das Handy mitgenommen hatte. Er hatte den Schlaf bitter nötig. Es würde eine kurze Nacht werden, denn schlafen konnte er noch nicht. Er steckte das Handy in die Jackentasche und betrat das Lokal.

Dieses offenbarte sich als eine Mischung von Tradition und Moderne, von Kitsch und Kunst, von Atmosphäre und Stilbruch. Seitlich befand sich eine Theke mit mehreren schweren Barhockern, auf denen zwei Frauen mittleren Alters saßen und sich unterhielten. Der Wirt stand hinter der Theke und begrüßte den eintretenden Gast.

Bauer setzte sich an einen der Tische. Im Hintergrund lief temperamentvolle spanische Musik. Paco de Lucias Gitarrenklänge glaubte Bauer zu identifizieren. Der Wirt kam freundlich auf ihn zu und der Polizist bestellte, passend zur Musik, einen Rioja.

Der Wirt schenkte gekonnt den Wein aus dem Dekanter ein. Etwas Warmes zu essen gab es in diesem Lokal nicht. Stattdessen brachte der Wirt ein Brett mit unterschiedlichen spanischen Käsesorten, von dem sich alle bedienten.

Einige Gemälde lokal bekannter Künstler hingen an der Wand. Auffallend anspruchsvolle Arbeiten, wie Bauer, der ein Kenner war, feststellen konnte.

Das Thema Spanien brachte seine Gedanken wieder zu seiner verflossenen Liebe zurück: Spanien – der letzte gemeinsame Urlaub mit Heike.

Sie waren von Barcelona nach Sitges gefahren, in diesem heißen, regenarmen Sommer. In Sitges gab es einen wunderbaren Campingplatz, auf dem sie zwei Wochen gezeltet hatten. Heike hatte noch an der PH in Lüneburg studiert. Spanisch war ihr Schwerpunkt gewesen. Spanisch und Englisch.

In Sitges hatten sie damals einen Maler kennengelernt, der nur Spanisch sprach. Das war für Heike geradezu ideal gewesen, aber Bauer hatte sich ziemlich ausgeschlossen gefühlt.

Abends hatten sie sich immer in den Diskotheken herumgetrieben, aber am Tag hatten sie sich getrennt. Bauer war mit seinem Buch am Strand gelegen, Heike war mit ihrer neuen Bekanntschaft in der Gegend herumspaziert und hatte auf Spanisch geradebrecht. Nein, er war nicht eifersüchtig auf den Spanier gewesen. Er hatte recht gut allein sein können und hatte nicht das Gefühl gehabt, dass Heike ihm untreu werden würde.

‚Sie liebte mich damals eben noch', stellte er vor seinem Glas Rioja sitzend in der Mannheimer Weinbar fest. Eine der beiden Frauen, die mit ihm an der Theke saßen, lächelte ihn an, so als ob sie ihn auffordern wollte, in ihr Gespräch mit einzusteigen.

Die beiden Frauen an der Theke unterhielten sich über Kroatien. Auch dort hatte Bauer mit Heike zusammen einige schöne Wochen verbracht. In Makarska, zwischen Split und Dubrovnik, am Meer. ‚Die Landschaft ist dort etwas abwechslungsreicher als in Katalonien', dachte er gerade, als eine der beiden Frauen ihn einlud, sich zu ihnen zu setzen. Er ging die paar Schritte bis zum Ende der Bar weiter und nahm auf einem der freien Hocker Platz.

Eine der Damen hatte graublondes Haar und mochte um die fünfzig sein. Ihre Freundin hatte die Haare rotbraun gefärbt. Deren Alter war schwer zu schätzen, eines dieser zeitlosen Wesen zwischen dreißig und sechzig. Die Blonde erzählte, dass ihre Freundin öfter in Kroatien sei. Sie habe, erfuhr er in diesem Gespräch, einen Lehrauftrag und unterrichte Deutsch in Zadar. Eigentlich habe sie Südslawistik studiert, erzählte sie, aber für Sprachwissenschaftler gäbe es kaum Arbeitsplätze, also müsse sie als Deutschlehrerin arbeiten.

„Auch nicht schlecht“, fügte sie schnippisch hinzu. „Das Goethe-Institut zahlt wenigstens gut.“

„Neu hier in Mannheim?“, fragte der Wirt.

„Ja, seit zwei Monaten – die Arbeit“, erläuterte der Angesprochene. Bauer war ihm dankbar, dass er nicht weiter in ihn drang.

Sie blieben beim Thema Kroatien. Der Wirt wusste Interessantes über den Weinbau auf der Halbinsel Pelješac zu erzählen.

Dort war er auch mit Heike gewesen und hatte vom dortigen Wein reichlich genossen. Nach dem Krieg wurde die lokale Weinproduktion dort wieder angekurbelt. „Ausgezeichnete Qualität“, pries der Wirt eine Flasche von diesem Wein an, den er noch in Reserve hatte. Wer konnte da widerstehen. Ilona, wie die rotbraune Südslawistin mit Vornamen hieß, kaufte die Flasche Wein sofort und spendierte sie.

Die Zeit verging immer schneller und die Zeiger standen schon auf eins. Bauer dachte an das morgige Gespräch mit Mandel und hatte ein schlechtes Gewissen. Er würde sich jetzt verabschieden müssen.

Er hatte sich für den kroatischen Rotwein mit einer Flasche vom Penedés revanchiert, der sich, wie der Wirt versicherte, sehr gut mit seinem „östlichen Bruder“ vertragen würde. Die letzten Tropfen dieses Weines standen noch in Bauers Glas. Er hatte sich für einen Augenblick aus dem Gespräch ausgeklinkt und ließ seinen Blick schweifen. An der Wand hinter dem Wirt hingen einige Fotos. Aufnahmen, die eine muntere, fröhliche Runde zeigten, die sich an dem Platz, an dem er sich jetzt befand, zusammengefunden hatte. Damals war es, wie es auf diesen Fotos aussah, ebenfalls sehr spät geworden und es war offenbar sehr weinselig zugegangen. Plötzlich hielt Bauer inne. Auf einem der Fotos glaubte er Rehberger zu erkennen.

„Was sind das für Fotos?“, wollte er vom Wirt, mit dem er mittlerweile per Du war, wissen.

„Das sind die Fotos von der Eröffnung. Vor etwa einem halben Jahr habe ich dieses Lokal übernommen. Das war ein sehr schöner Abend, da waren viele Leute hier. Seither war das Lokal leider nicht mehr so frequentiert.“

Bauer zeigte auf das Foto, von dem er glaubte, dass Rehberger dort abgelichtet war.

„Wer ist das?“, wollte der Polizist wissen.

„Ach“, sagte der Wirt, der erst nach einiger Zeit realisierte, wen Bauer eigentlich meinte. „Den kennt hier doch jeder. Das ist doch der Stadtrat Rehberger. Einer meiner treusten Kunden. Er kommt mindestens einmal die Woche. Meistens mit dem Fahrrad. Ich glaube, er hat gar kein Auto. Ja, der war auch bei der Eröffnung da. Da war er in Begleitung einer jungen Frau, siehst du, diese hier. Eine ganz Hübsche war das.“

„Ja, Nada hieß sie“, mischte sich Ilona ein.

„Sie kommt aus Zadar, wo ich diesen Lehrauftrag habe. Wir haben uns lange unterhalten an diesem Abend, aber seither habe ich sie hier nicht mehr gesehen.“

Der Wirt erinnerte sich genauer. „Sie arbeitet hier irgendwo, ich glaube, in Speyer. Ja, stimmt. Sie war seit diesem Abend nicht mehr da. Rehberger kam seitdem immer allein. Ich habe versäumt, mich nach ihr zu erkundigen.“

Den Kopf voll mit Gedanken und Alkohol machte sich Bauer auf den Heimweg.

Er benutzte die Treppe und nicht den Fahrstuhl, um keinen unnötigen Lärm zu verursachen. Auch beim Aufschließen der Tür bemühte er sich, so leise wie möglich zu sein. Er putzte die Zähne und ging ins Schlafzimmer. Die Zeiger der Uhr standen auf halb drei. Er stellte den Wecker auf sieben und drehte sich um.

„Welch ein Zufall", dachte er noch, bevor er einschlief. „Und nächste Woche muss ich mir unbedingt Zeit nehmen, um endlich diese Umzugskartons auszuräumen."

5

Polizeipräsident Mandel liebte die Pünktlichkeit. Er war bereits einige Minuten vor neun im Polizeipräsidium eingetroffen.

Anders Bauer. Am liebsten hätte er an diesem Morgen weitergeschlafen. Sein Kopf fühlte sich ziemlich schwer an. Zu viel Wein, die beiden Frauen hatten ziemlich stark geraucht. Sein ganzer Körper roch nach Zigarettenqualm. Er sprang unter die Dusche. Das kalte Wasser belebte seinen Körper.

Der Wecker auf dem Bücherregal zeigte zehn vor neun: Die paar hundert Meter zum Präsidium ging er zu Fuß. Als Jürgen Bauer sich rasch an der Empfangsloge vorbeidrücken wollte, sagte ihm der diensthabende Beamte, er solle sofort zu Mandel kommen. Der Chef sei schon ganz ungeduldig.

Im Büro des Polizeipräsidenten war die Luft zum Schneiden. Mandel thronte hinter seinem Schreibtisch und machte ein mürrisches Gesicht. Er war schlechter Laune und ärgerte sich, weil er an diesem schönen Sonntagmorgen in die Stadt hatte fahren müssen. Der Fall schien ihm aber doch zu brisant, um ihn einem Neuling wie Bauer zu überlassen. Auch Anette Schreiber, der Mandel mehr zutraute, hatte noch nicht viel Erfahrung mit solchen Kriminalfällen, bei denen womöglich Verbindungen zu Politikern und Wirtschaftsleuten im Spiel waren. Rehberger war schließlich kein unbeschriebenes Blatt und war durch sein Nachbohren manchem auf die Füße getreten.

Der Polizeipräsident genoss hohes Ansehen in Mannheim. Er war Ehrenpräsident bei zahlreichen renommierten Vereinigungen in der Stadt. Daher kannte er auch viele Entscheidungsträger persönlich. Er musste sich also unbedingt in den Fall einschalten.

Kommissar Bauer fasste die bisher vorliegenden Ermittlungsergebnisse kurz zusammen. Er hätte gestern noch den Gerichtsmedizinern Dampf gemacht, aber vor Montag seien keine gesicherten Ergebnisse zu bekommen, erklärte er. Mandel nickte. Dann machte Bauer eine Redepause und sah seinen Vorgesetzten abwartend an.

Dabei überlegte er, ob er das Foto im Weinlokal erwähnen sollte, beschloss aber, diese Information vorläufig für sich zu behalten. Zu unausgegoren schienen ihm seine bisherigen Mutmaßungen zu jenem merkwürdigen Zusammentreffen noch.

Widersprach das Erscheinen des Stadtrats in weiblicher Begleitung in jenem Weinlokal nicht dem Bild, das sich Bauer von Rehberger gemacht hatte? Hatte der Stadtrat etwa mit dieser Frau, die ganz das Gegenteil seiner treu sorgenden Ehefrau war, eine Affäre? Erschöpfte sich die Person Rehberger nun doch nicht in der Rolle des biederen Radfahrers, der, wie ihm Scheck nach dem Besuch bei der Witwe erzählt hatte, selbst zu den Empfängen des Oberbürgermeisters mit Fahrradklammern an der ausgebeulten Hose kam? Hatte Rehberger noch andere Seiten, die bisher noch nicht öffentlich geworden sind?

Der Polizeipräsident durchbrach das Schweigen. Er hatte einen Aktenordner vor sich auf dem Tisch liegen, aus dem er zitierte: „Rehberger ist mehrmals von Firmen angezeigt worden, denen er Schwierigkeiten gemacht hat. Es kam zu mehreren Prozessen gegen ihn wegen Verleumdung. Diese Prozesse hat Rehberger aber immer gewonnen." Er schloss: „Vielleicht gab es da jemanden, der sich auf diese Weise an ihm rächen wollte."

Ihr Gespräch wurde unterbrochen. Hannes trat ein. Bauer kannte ihn bereits. Er arbeitete in der Kriminaltechnik und galt als außerordentlich fähig. Ihn hatte er gestern noch gesprochen und sich erkundigt, wann denn die Untersuchungsergebnisse vorlägen.

„Frühestens Montag, wenn nicht erst Dienstag", hatte der kalt erwidert. Er ließe sich nicht hetzen.

„Mandel hat ihm offenbar mehr Druck machen können als ich", dachte Bauer und ärgerte sich.

Nachdem sich Hannes gesetzt hatte, öffnete er seinen Aktenordner und begann darin zu blättern: „Wir wissen noch nicht viel, nur“, begann er, an den Polizeipräsidenten gewandt, „dass es sich bei der Waffe, mit der Rehberger erschossen wurde, um eine Makarow PM handelt. Das macht die Suche nach dem Mörder nicht gerade leicht, denn die Makarow ist ziemlich weit verbreitet, auch bei der Armee und bei der Polizei. Deshalb gibt es auf dem Schwarzmarkt dieses Modell massenweise. Die Makarow ist vergleichsweise teuer, denn sie ist komplett aus Stahl gefertigt. Manche Modelle haben sogar einen eingebauten Schalldämpfer. Wahrscheinlich handelt es sich bei der Waffe, mit der Rehberger ermordet wurde, um ein solches Modell. Der Täter kannte sich aus und war kaltblütig genug, seinem Opfer in die Augen zu blicken, denn die Makarow ist nur auf kurzer Distanz treffsicher. Im Zusammenhang mit Auftragsmorden konnten wir die Makarow übrigens oft als Tatwaffe identifizieren.“

„Ein Auftragsmord, begangen an einem Mannheimer Stadtrat, so etwas hat es bis jetzt noch nicht gegeben und ich bin hier schon ziemlich lange Polizist.“ In dem folgenden Augenblick der Stille ließ Mandel die Dienstjahre Revue passieren. Gewiss, Mannheim war keine friedliche Stadt. Der große Flusshafen beherbergte einen bekannten Drogenumschlagsplatz. Es gab Bandenkriege im Rotlichtmilieu, die sogar Tote hinterlassen hatten. Jahrelang war Mannheim sogar ein Rückzugsraum der sizilianischen Mafia. Aber das Verbrechen war eine Sache des Kiezes. Die bürgerliche Gesellschaft blieb davon verschont.

„Mit der Beseitigung der Spuren ist der Täter doch recht sorglos umgegangen“, meinte der Polizeipräsident an den

Kriminaltechniker gewandt. Er hatte den Bericht von Bauer offenbar genau gelesen. „Er hat sich noch nicht einmal bemüht, Rehbergers Fahrrad zu beseitigen und es einfach in der Uferböschung liegen gelassen.“ Er schaute Hannes erwartungsvoll an.

Jürgen Bauer ärgerte sich, dass das Gespräch an ihm vorbeizulaufen schien. Wie die meisten Kollegen schien auch sein Vorgesetzter nicht sonderlich an Bauers Meinung interessiert zu sein.

„Ja, das ist auffällig“, bestätigte Hannes. „Das kann aber mehrere Gründe haben. Es könnte sein, dass er sich gedacht hat: Mich erwischt sowieso niemand, weil ich rasch verschwinden kann. Ein zweiter Grund könnte sein, dass er gestört worden ist, ein dritter, dass er die Tat vielleicht gar nicht so genau vorausgeplant hatte, sondern sich durch Zufall eine Möglichkeit ergab, zu schießen. Oder noch ein vierter Grund: Der Täter musste rasch handeln, um Rehberger rasch auszuschalten.“

Wieder nickte Mandel anerkennend. „Gute Arbeit, aber trotzdem“, fasste Mandel zusammen, „haben wir noch keinen Hinweis auf ein mögliches Motiv, oder?“

Hannes schüttelte den Kopf. „Ein Motiv zu finden ist auch die Aufgabe unseres neuen Kollegen. Ich kann nur die Hinweise liefern, die sich aus der Spurenlage ergeben und bezüglich des Motivs ist noch alles offen.“

Bauer ärgerte sich: Der Kriminaltechniker belehrte ihn jetzt über seinen Aufgabenbereich. Aber der Kommissar ließ sich seinen Ärger nicht anmerken, sondern nickte ebenfalls anerkennend.

„Gute Arbeit“, sagte der Chef noch einmal zu Hannes. Mandel erhob sich aus seinem bequemen Schreibtischsessel und wollte die beiden Beamten verabschieden, da entschied sich Bauer doch, seine Entdeckung aus dem Weinlokal offenzulegen. Er erzählte von Rehbergers Anwesenheit bei der Einweihung des Lokals und von der jungen Frau, die offenbar in einem sehr vertrauten Verhältnis zu ihm gestanden hatte.

Die Frau stamme aus Kroatien, habe er herausbekommen und sei seit jenem Eröffnungsabend nicht mehr in dem Lokal gesehen worden.

„Das passt so gar nicht zu dem Bild, das ich von Rehberger habe“, sagte der Polizeipräsident nachdenklich. „Sind Sie sicher, dass es sich bei dem Foto überhaupt um Rehberger handelt?“, setzte er skeptisch hinzu.

„Ich habe mit dem Wirt gesprochen und der sagte, dass Rehberger sein Stammgast sei. Immerhin ein Hinweis. Vielleicht entstammt die Frau dem Rotlichtmilieu?“

„Seien Sie mit solchen Vermutungen vorsichtig, Herr Bauer“, maßregelte ihn der Polizeipräsident. „Die Ausländerfeindlichkeit ist in dieser Stadt sowieso schon groß genug. Solche Äußerungen könnten leicht missverstanden werden. Erst recht, wenn es sich bei dem Mordopfer um einen so populären Politiker wie den Rehberger handelt. Er hat sich übrigens sehr intensiv für die Integration der Ausländer eingesetzt. Kümmern Sie sich bitte um das Foto der Frau“, befahl Mandel. „Wir sollten herausbekommen, wer sie ist. Vielleicht bringt uns das ja weiter.“

Dann drückte der Polizeipräsident erst Hannes und anschließend Bauer die Hand. Gemeinsam gingen sie die Treppe hinunter, die vom „Allerheiligsten“ in die Diensträume der gewöhnlichen Beamten führte. In diesem Stockwerk verabschiedeten sich die beiden Beamten mit einem kühlen, distanzierten Kopfnicken voneinander.

6

Als Mandel wieder allein war, ließ sich der Polizeipräsident von der Zentrale mit Oberbürgermeister Frisch verbinden. Normalerweise erledigte diese Aufgabe seine persönliche Sekretärin, aber Frau Kraus hatte sonntags natürlich frei. Die Woche über residierte sie in Mandels Vorzimmer und inmitten all jener schönen Blumenpracht, die sie im Laufe der Jahre angelegt hatte, dirigierte sie die Geschäftsabläufe rund um den Polizeipräsidenten.

Obwohl es Sonntag war, musste das Stadtoberhaupt für den Polizeipräsidenten immer erreichbar sein. Es gab dafür eine bestimmte Handynummer, welche der Polizist in der Telefonzentrale mühsam heraussuchen musste. Mandel wurde schon ungeduldig. Da fand der diensthabende Beamte sie endlich.

Der Tod von Rehberger schien dem Oberbürgermeister nicht sonderlich nahe zu gehen. Er tat so, als hätte er den Stadtrat kaum gekannt. Aber das stimmte nicht.

Während der Sitzungen hatte der OB kaum Notiz von Rehberger genommen. Manchmal ging ihm der widerborstige Stadtrat durch die ewige Nörgelei auf die Nerven. Aber das wollte Frisch dem Polizeipräsidenten nicht sagen. Vielleicht würde dieser daraus die falschen Schlüsse ziehen.

Er fragte den Polizeichef nur, welche Auswirkungen dieser

Mord auf das Image der Stadt haben würde. Der Oberbürgermeister war bemüht, das allgemeine Ansehen der Stadt durch eine landesweite Imagekampagne zu verbessern. Die Kaltschnäuzigkeit des neuen OBs stieß Mandel ab. So konnte man mit dem Mord an einem verdienstvollen Stadtrat nicht umgehen. Ein bisschen mehr Mitgefühl hatte er schon erwartet.

„Ich werde am Montag ein Beileidsschreiben an die Witwe schicken lassen", sagte das Stadtoberhaupt dann schließlich doch. „Wann ist die Beerdigung? Da muss ich wohl eine Rede halten?"

„Wir wissen noch nicht, wann wir die Leiche zur Bestattung freigeben können. Das wird wohl noch eine Weile dauern", antwortete Mandel knapp.

„Gut, dann halten Sie mich auf dem Laufenden", bat der Oberbürgermeister. Nach einem kurzen Gruß legte er auf.

Bisher war Mandel Oberbürgermeister Frisch nur einmal persönlich begegnet. Das war bei dessen Amtseinführung, zu der Mandel als Polizeipräsident natürlich erscheinen musste. Frisch kam ihm besserwisserisch und beratungsresistent vor. ‚Einer von der Sorte, die immer genau wissen, wo es langgeht. Mit seiner Parole Frischer Wind für Mannheim hat er den Wahlkampf gegen den alten OB gewonnen. Diese leere Parole sagt eigentlich alles über jenen Menschen aus. Er hält sich selbst für diesen frischen Wind und fegt mit seinem nassforschen Auftreten alles beiseite, was sich ihm in den Weg stellt', dachte Mandel in dem Moment, als die barsche Stimme des Stadtoberhauptes in seinen Ohren klang.

Mit dem alten Oberbürgermeister war Mandel gut klargekommen. Sie hatten gemeinsam schwierige Zeiten durchlebt.

Wenn es Probleme gab, hatte er zu Oberbürgermeister Klose immer einen sehr direkten Draht gehabt. Er war dann meist zu dessen Villa am Rheinpark gefahren und hatte mit ihm bei einer Tasse Kaffee die notwendigen Schritte besprochen.

Klose hatte um eine weitere Amtszeit gekämpft. Diese Amtszeit hätte er nicht ganz ausgefüllt, sondern hätte im Laufe jener Legislaturperiode einer Nachfolgerin den Platz räumen müssen. Wer diese Nachfolgerin gewesen wäre, stand bereits seit Langem fest: Karin Schwarzkopf.

Karin Schwarzkopf hatte das juristische Staatsexamen abgelegt und trat sehr selbstbewusst in der Öffentlichkeit auf. Als sie vor drei Jahren das Amt der Fraktionsvorsitzenden übernommen hatte, sorgte sie in der SPD-Fraktion auf ihre Weise für frischen Wind. Klose hatte lange überlegt, ob sie nicht statt seiner die bessere OB-Kandidatin gewesen wäre. Aber trotz vielem, das dafür sprach, hatte er sich dann doch anders entschieden. Zu viel stand nach Kloses Meinung für die Stadt auf dem Spiel. Er hatte geglaubt, weil er in Mannheim einen weitaus höheren Bekanntheitsgrad als die junge Fraktionsvorsitzende hatte, würde er auch mehr geschätzt werden, aber darin täuschte er sich. Es täuschte ihn auch sein Glaube, dass die Zeit für eine Frau an der Stadtspitze noch nicht reif war. Klose glaubte auch, die Opposition hätte keinen geeigneten Kandidaten, der ihm Paroli bieten könnte.

Dann war plötzlich dieser Theodor A. Frisch aufgetaucht. Wie aus dem Nichts, ein Kandidat der Opposition. Die CDU stützte ihn, die Grünen verhielten sich ambivalent und schließlich liefen die Freien Wähler, die in Mannheim mit sechs Stadträten vertreten waren, ganz zu ihm über. Damit war die Sache für Frisch gelaufen. Er gewann die Wahl knapp, aber was spielt das denn für eine Rolle? Gewonnen ist gewonnen.

Frisch überzeugte mit neuen Ideen. Die Stadt hatte große Probleme. Zuviel Schwerindustrie, die gegen die Konkurrenz aus Asien nicht ankam. Entlassungen waren die Folge und Kurzarbeit. Die Bevölkerung war gierig nach neuen Konzepten. Das nutzte Frisch geschickt für seinen Wahlkampf aus.

Nachdem der Oberbürgermeister den Telefonhörer aufgelegt hatte, überlegte der Polizeipräsident die nächsten Schritte: Er würde eine Pressekonferenz einberufen müssen. Mannheim würde bald bundesweit in den Schlagzeilen stehen. Ein Mord an einem engagierten Stadtrat. Wilde Spekulationen über die Hintergründe dieses Verbrechens würde es geben.

‚Besser, man legt die bis jetzt bekannten Fakten gleich auf den Tisch.' Das hatte Mandel in den langen Dienstjahren gelernt. ‚Der Presse bleibt nichts verborgen. Also besser Offenheit als Geheimnistuerei.' Er würde seiner Sekretärin am nächsten Tag die entsprechenden Anweisungen geben und Frau Kraus würde diese Aufgabe mit der ihr eigenen Präzision genau ausführen.

So kalt, wie es Mandel vorkam, hatte Rehbergers Tod den Oberbürgermeister doch nicht gelassen. Nachdem er den Hörer aufgelegt hatte, lehnte er sich in den Sessel zurück. ‚Gut, ein Quertreiber weniger', dachte er. ‚Aber kaltblütig ermordet ...'

Frisch konnte sich keinen Reim auf die Geschichte machen. Rehberger war ihm bei seinen Modernisierungsvorhaben meistens im Weg gewesen. Zu sehr hatte der Stadtrat im

Dienste von Lobbyisten gestanden, die alles andere wollten als die moderne Stadt, wie sie ihm vorschwebte.

‚Mit den Konzepten, die Mannheim in der Vergangenheit groß gemacht haben, konnte man heute nichts mehr anfangen. Die Schwerindustrie hat in Deutschland keine Zukunft mehr. Arbeitskräfte sind viel zu teuer. Moderne Anlagen amortisieren sich nicht mehr. Die Zukunft liegt in schlanken Unternehmensformen und in Hightech oder Dienstleistungen. Am besten Finanzdienstleistungen, das ist die Zukunft', ging es ihm durch den Kopf.

Mit diesen Stichwörtern war das Programm umrissen, das der OB den Wählern bei der Wahl immer wieder eingehämmert hatte.

„Frischer Wind für Mannheim. Wir wollen die moderne, zukunftsfähige Stadt."

Die Antiquiertheit des Denkens in der Verwaltung und vor allem innerhalb der Stadtratsparteien war Frischs größter Feind. Dies machte ihm vor allem im wirtschaftlichen Bereich zu schaffen. Da gab es noch viel zu viele kommunale Betriebe, die sich selbst lähmten. Zum Beispiel die Rheinbank, ein Geldinstitut, das zu 100 % in städtischem Besitz war. Der Aufsichtsrat wurde durch die Parteien aus dem Stadtrat gestellt. In dieser Konstellation lag ein wesentliches Problem. Die Parteien brachten politische Vorstellungen in das Bankgeschäft mit ein. Die Grünen zum Beispiel wollten verhindern, dass die Rheinbank Kredite an die ebenfalls städtische Flughafengesellschaft vergab. Auch in der SPD gab es Quertreiber, die das Bankgeschäft mit politischen Zielen verbinden wollten. Gustav Rehberger gehörte in diese Gruppe.

‚Gehörte', stellte Frisch fest und ertappte sich bei dem Gedanken, dass ihm der Tod des Stadtrats nicht ungelegen kam. Der Oberbürgermeister hatte Monate gebraucht, um in der SPD eine Mehrheit für seine Privatisierungspläne zu finden. Nach einem zähen Ringen war es ihm schließlich gelungen, die Fraktionsvorsitzende Schwarzkopf auf seine Seite zu ziehen. Sie hatte sein Anliegen verstanden, denn auch sie hatte eingesehen, dass die Stadt nur eine wirtschaftliche Zukunft haben konnte, wenn die Wirtschaftspolitik auf eine vollkommen neue Grundlage gestellt werden würde.

Die Neupositionierung der Bank war ein wichtiger Baustein dieses neuen Gebäudes. Frisch war es gelungen, den Entscheidungsträgern der Stadt die Notwendigkeit der Privatisierung dieser Bank klar vor Augen zu führen. Einer der größten Erfolge, die er als Oberbürgermeister bisher gehabt hatte.

Frisch hatte Überzeugungskraft. Diese Überzeugungskraft beruhte auf Kompetenz und diese Kompetenz hatte eine solide Grundlage. Er hatte in Harvard studiert und auch einige Semester Finanzpolitik am London Institute of Economics belegt. Der neue OB von Mannheim war weit in der Welt herumgekommen. Klose, sein Vorgänger, war dagegen immer in der Provinz geblieben. Sein politisches Handeln war von dieser Gebundenheit geprägt. Dieses Provinzielle war im zurückliegenden Wahlkampf, der mit Wirtschaftsthemen gewonnen worden war, sehr hinderlich gewesen. Das hatten Kloses Wahlkampfmanager zu spät bemerkt. Bodenständigkeit wirkte eher negativ. Innovation stand auf der Tagesordnung. Auf jenen Zeitgeist war die PR Frischs optimal eingestellt gewesen. Mit dem Thema Innovation in der städtischen Wirtschaft hatte er Klose gewissermaßen vor sich her getrieben. Frisch hatte den Wählern plausibel machen können, dass die Stadt in allen Bereichen neu aufgestellt werden musste.

Der Aufsichtsrat der Rheinbank, dem Frisch vorstand, hatte also die Weichen neu gestellt. Ende des laufenden Monats würde das neue Statut unterzeichnet werden. Die lokalen Beschränkungen der Geschäftstätigkeit der Bank würden dadurch aufgegeben werden. Frisch hatte die Mehrheit des Gemeinderates in dieser Frage hinter sich. Den Aufsichtsrat hatte er fast ganz auf seiner Seite. Es gab dort keinen Quertreiber mehr. Nur noch im Vorstand gab es eine Gegenstimme: die Dr. Wendlands. Er war noch der Einzige, der Frischs Pläne auf Vorstandsebene nicht mittragen würde. Aber dieses Hindernis würde bald verschwinden. Wie? Das hatte er auf Harvard gelernt. Quertreiber muss man entweder bestechen oder kaltstellen.

Genau wie die Bank im Kalkül von Frisch eine Schlüsselstellung einnahm, war der Regionalflughafen für die Weiterentwicklung seiner Pläne von zentraler Bedeutung. In diesem Bereich war ihm Rehberger ständig in die Quere gekommen. Frisch wollte den Flughafen auf jeden Fall weiter ausbauen. Das Gelände bot sich dafür geradezu an. Ringsherum nur Brachland und Felder, ein Autobahnanschluss in unmittelbarer Nähe, das Gelände wartete nur darauf, weiter erschlossen zu werden.

Mannheim würde mit dem Ausbau dieses Flughafens weit über seine Funktion als regionales Oberzentrum hinauswachsen.

‚Auch mein Vorgänger hat das so gesehen', ging es Frisch durch den Kopf. ‚Aber er war zu feige, den Ausbau konsequent durchzusetzen. Er hat den Flughafen zwar nicht geschlossen, wie es die Grünen verlangten, aber er verhinderte auf der anderen Seite Neuinvestitionen.'

Durch die ambivalente Haltung seines Vorgängers, da war sich Frisch sicher, war die städtische Flughafengesellschaft in eine prekäre finanzielle Situation geraten. Der Flughafen konnte nicht weiter wachsen, er verlor an wirtschaftlicher Bedeutung und belastete durch die Defizite den städtischen Haushalt enorm. Diese hohe Verschuldung und die zurückgehende Auslastung wurden zunehmend zu einem ernsten Problem für die Stadt. Wasser auf die Mühlen der Grünen, die ja den Flughafen ganz stilllegen wollten.

In diesem Bereich hatte Frisch eine Wende vollzogen. Schon in kürzester Zeit war der Flughafen aus den roten Zahlen herausgekommen und die Aussicht auf den Bau einer neuen Start- und Landebahn hatte den Mannheimer Regionalflughafen bundesweit aufgewertet.

Möglich war dies vor allem durch Frischs gute Kontakte zu führenden Unternehmen in der Region. An erster Stelle hatte er sich bei Manfred Peterson zu bedanken. Mit ihm verbanden sich viele positive Erinnerungen an die gemeinsame Studienzeit an der Harvard University.

Peterson hatte das begehrte Diplom zwar nicht in der Tasche – er war vorzeitig nach Europa zurückgekehrt – aber von der Wirtschaft verstand er, nach Meinung des Oberbürgermeisters, dennoch recht viel. In kürzester Zeit hatte Peterson ein Unternehmen auf die Beine gestellt, das auf dem Gebiet neuer Technologien weltweit führend war. Vor allem im Bereich der Baumaschinen hatte das Unternehmen nach eigenen Angaben weltweit eine Vormachtstellung. Ihren Hauptsitz hatte die Peterson AG in Karlsruhe.

In Frischs Plänen hatte die Peterson AG eine Schlüsselstellung. Frisch wollte, dass Manfred Peterson seinen Hauptsitz von Karlsruhe nach Mannheim verlegte. Auf diese Weise wollte er einen höchst potenten Gewerbesteuerzahler für die Stadt gewinnen. Er hatte diesbezüglich recht gute Erfolgsaussichten.

In Mannheim war bis jetzt alles perfekt für Frisch gelaufen. ‚Wie wird sich dieser Mord auf meine weiteren Pläne auswirken?', versuchte Frisch zu analysieren.

‚Dieser Mord wird ein schlechtes Licht auf die Stadt werfen. Außerdem wird die Staatsanwaltschaft Nachforschungen anstellen. Unternehmen kommen ins Gerede. Schließlich war Rehberger überaus unternehmerfeindlich.'

7

Bauer machte sich auf den Weg in das Weinlokal, das er in der Nacht nach Rehbergers Tod besucht hatte. An der Tür fiel ihm erst der Name auf: *Fausts Weinbar*. Er glaubte sich zu erinnern, dass der Wirt von allen Faust genannt wurde.

Der Polizist wusste, dass das Lokal um 18 Uhr öffnen würde und er bemühte sich, pünktlich zu sein, weil er hoffte, Faust allein anzutreffen, was auch der Fall war.

Der Wirt war erfreut, seinen späten Gast so rasch wiederzusehen. Er wollte ihm ein Glas Rotwein einschenken, doch Bauer wehrte ab.

„Zu früh, außerdem bin ich im Dienst." Der Wirt sah ihn überrascht an. „Ja, ich bin bei der Polizei", erklärte Bauer, „und wir ermitteln gerade in einem Mordfall."

Abermals sah ihn Faust erstaunt an und fragte:

„Wer ist denn ermordet worden?"

„Dein Gast, der Stadtrat Rehberger", erklärte Bauer. „Soweit wir bis jetzt wissen, geschah der Mord am Samstagnachmittag. Sein Leichnam wurde im Rheinpark mit einer Kugel im Kopf gefunden. Sein Fahrrad lag nicht weit vom Tatort entfernt in der Uferböschung. Wir verfolgen jede Spur, die uns einen Hinweis auf das Motiv geben kann. Eine dieser Spuren habe ich am Samstagabend hier im Lokal entdeckt. Das Foto." Bauer zeigte auf die Fotografie an der Wand, die der Wirt noch in der Nacht dorthin zurückgehängt hatte.

„Wenn wir die Frau finden, mit der Rehberger hier war, hilft uns das sicher weiter."

Der Wirt nahm das Foto von der Wand, entfernte den Wechselrahmen und reichte das Bild dem Polizisten.

„Wie gesagt, ich weiß nicht mehr über sie, als ich bereits gesagt habe. Sie kommt aus Kroatien, heißt Nada und war mit Rehberger am Eröffnungsabend hier. Danach habe ich sie nicht mehr gesehen."

Bauer sah die Fotografie genauer an. Eine elegante junge Frau. Wie alt mochte sie wohl sein? Er überlegte. Höchstens dreißig, keinesfalls älter.

„Dein Gast vom Samstag, die Frau, die in Kroatien gearbeitet hat. Hatte die nicht die Telefonnummer der jungen Frau?"

„Ja, schon, aber es war die falsche", erinnerte sich der Wirt.

„Sie hat einmal probiert, sie zu erreichen, aber es war ein Mann am Telefon, der keine Nada kannte."

Bauer interessierte sich trotzdem für die Telefonnummer und bat Faust, der Frau zu sagen, sie solle ihn wegen der

Nummer anrufen. Dann verabschiedete er sich. Es war ein langer Tag geworden.

Bei sich zu Hause öffnete Bauer eine Flasche Rotwein, legte Mozarts Klavierkonzerte auf und begann, die Bücherkisten auszuräumen. Er liebte die französische Literatur und hatte die Gesamtausgaben von Flaubert, Marcel Proust und Émile Zola. Auch südamerikanische Autoren schätzte er. Von Garcia Marques und Vargas Llosa hatte er die wichtigsten Werke und außerdem Jorge Luis Borges, den er besonders mochte.

Durch seine Liebe zur Literatur unterschied sich Bauer von den meisten seiner Kollegen, die sich hauptsächlich für Sport, leichte Unterhaltung oder höchstens mal für die Kinofilme, die gerade populär waren, interessierten. Mit Heike hatte er die Liebe zur Literatur geteilt.

Regale für seine zahlreichen Bücher hatte er bereits vor Wochen in einem Möbelhaus am Rande von Mannheim gekauft. Er hatte es sich viel einfacher vorgestellt, diese Regale aufzubauen, aber es gab Hunderte verschiedener Schrauben und Stifte, die passend zusammengefügt werden mussten.

Der nächste Morgen war regnerisch und viel zu kalt für die Jahreszeit. Bauer nahm den Schirm und machte sich auf den Weg. Zunächst brachte er das Foto zum Erkennungsdienst. Dann ging er in sein Büro, wo er Anette schon beim Aktenstudium antraf. Bauer ergänzte die Niederschrift mündlich durch Vermutungen, die sich aus der von ihm entdeckten Fotografie ergaben.

„Was wissen wir über Rehberger?", fasste die Kriminalpolizistin die bisherigen Ermittlungsergebnisse zusammen. „Ein biederer, in Mannheim verwurzelter Stadtrat, der sich für die Belange der Bürger engagierte. Notfalls legte er sich dabei sogar mit den eigenen Parteikollegen an. Jedenfalls trat er dem neuen Oberbürgermeister ziemlich auf die Füße. Auf der anderen Seite kann er auch ein Doppelleben geführt haben, von dem bisher niemand etwas gewusst hat. So was macht erpressbar. Vielleicht hatte die junge Frau mit dem Rotlichtmilieu zu tun. Alles ist möglich."

Anette hatte ihre kurze Zusammenfassung gerade beendet, da klingelte das Telefon. Bauer nahm den Hörer ab und meldete sich.

„Hallo, Herr Bauer", hörte er eine Frauenstimme sagen. Die Stimme klang sachlich, aber nicht kalt.

„Mein Name ist Isolde Werner, ich bin die für Wirtschaftsstrafsachen zuständige Staatsanwältin und hätte Sie gerne persönlich gesprochen. Sie leiten doch die Ermittlungen im Fall Rehberger?"

„Zusammen mit meiner Kollegin, Anette Schreiber", schränkte Bauer vorsichtshalber ein, als er sah, wie aufmerksam seine Kollegin das Gespräch mithörte.

„Gut", sagte die Staatsanwältin. „Ich möchte mich mit Ihnen gerne treffen, wenn es geht, außerhalb des Polizeipräsidiums, zu einem informellen, nicht dienstlichen Gespräch. Ist das möglich?"

Bauer sah fragend zu Anette hinüber und hielt die Sprechmuschel zu.

„Die Staatsanwältin, sie will sich mit mir treffen", sagte er knapp.

„Hallo, sind Sie noch dran?"

„Ja, ich bin noch dran, Entschuldigung", antwortete Bauer.

Noch immer blickte er fragend zu seiner Kollegin. Sie nickte.

„Ja, gut", sagte er dann schließlich.

„Im Restaurant *Kraut und Rüben*", schlug sie vor.

„Ich kenne es, ganz in der Nähe. Ein vegetarisches Restaurant."

Er legte auf.

„Das dachte ich mir doch, dass Frau Dr. Werner heute hier anruft", kommentierte Anette. „Ihr eilt der Ruf voraus, sehr konsequent zu sein. Und da es möglich ist, dass irgendwelche Wirtschaftsdinge mit Rehbergers Ermordung in Zusammenhang stehen, ist ihr rasches Auftreten auch nicht verwunderlich. Geh nur mal hin und berichte dann, was sie zu sagen hat. Ich bin sehr gespannt darauf."

Zum Glück hatte es aufgehört zu regnen und es waren auch nur ein paar Hundert Meter bis zum Restaurant *Kraut und Rüben*. Die Gerichte musste man sich wie in der Mensa an einer Theke holen.

Bauer wählte einen Platz, von dem aus er den Eingangsbereich des Restaurants im Blick hatte. Zehn Minuten nach ihm kam die Staatsanwältin. Auch sie holte sich etwas zu essen und setzte sich ihm gegenüber. Gepflegtes Äußeres, entschlossener Blick, Lachfältchen um die Augen. Auf Bauer wirkte die Frau, die er auf etwa vierzig schätzte, sehr sympathisch.

„Sie sind auch neu in Mannheim", begann Frau Dr. Werner das Gespräch. Dieses Wörtchen „auch", so schien es ihm, stellte so etwas wie eine Verbundenheit her, eine Art Seelenverwandtschaft in der Fremde.

„Ja", antwortete er.

„Ich bin erst seit einigen Monaten hier, aber ...", fügte Bauer hinzu, um seine Kompetenz zu unterstreichen, „... ich war vorher einige Jahre in Hamburg bei der Mordkommission."

Es entstand eine Gesprächspause, in der beide einige Bissen aßen.

„Also", nahm die Staatsanwältin den Gesprächsfaden wieder auf, „warum ich Sie sprechen wollte – ich sehe eine mögliche Verbindung zwischen dem Mord an Rehberger und einigen interessanten Vorgängen im Wirtschaftsleben dieser Region, Vorgänge, die mir schon in meiner Zeit als Staatsanwältin in Karlsruhe aufgefallen sind und über die ich Sie inoffiziell in Kenntnis setzen möchte. Den Dienstweg kann ich in diesem Fall nicht einschlagen, weil die Ermittlungen gegen den betroffenen Unternehmer aus Mangel an hinreichenden Verdachtsmomenten eingestellt worden sind. Also behandeln Sie meine Informationen bitte sehr vertraulich."

Bauer versprach es.

„Es gibt da eine Sache, über die der Stadtrat Rehberger vor ein paar Wochen mit mir gesprochen hat. Es handelt sich dabei um die Peterson AG, die vor einem halben Jahr in der Nähe des Regionalflughafens ein Bürogebäude bezogen hat. Der Hauptsitz dieser Firma ist nach wie vor in Karlsruhe, wo ich bis vor Kurzem die Wirtschaftsabteilung der Staatsanwaltschaft geleitet habe.

Stadtrat Rehberger hatte diese Firma in Verdacht, illegale Waffengeschäfte zu betreiben und er wollte damit an die Öffentlichkeit. Ich warnte ihn davor. Es gab keinerlei Beweise für seine Behauptungen. Wir hatten schon vor ein paar Monaten Ermittlungen eingeleitet und wir mussten, wie gesagt, diese Ermittlungen einstellen, sonst hätten wir uns ganz schön blamiert. Davor wollte ich Herrn Rehberger bewahren, weil auch er diesbezüglich keine qualitativ neuen Erkenntnisse zu bieten hatte.

Rehberger berief sich auf Informationen, die er direkt von Insidern hätte. Aber da er die Insider nicht namentlich benennen wollte, musste ich ihm erklären, dass Vermutungen allein vor Gericht keine Beweiskraft haben. Jetzt, nach dem Mord an ihm, scheint es so, als könnte an diesen Vermutungen doch etwas dran gewesen sein, sonst wäre er vielleicht noch am Leben."

Sie machte sich an das Hauptgericht, das aus einer gebratenen Sojafrikadelle, grünem Gemüse und ungeschälten Kartoffeln bestand. Bauer hörte ihr weiter zu.

„Dass die Peterson AG nicht sauber ist, das glaube ich auch. Aber solange man das nicht beweisen kann, gilt die Unschuldsvermutung. So ist es nun einmal in einem Rechtsstaat. Ich habe die Geschichte dieser Firma genau verfolgt. Sie wurde vor drei Jahren in Karlsruhe gegründet. Der Chef der Firma, Manfred Peterson, war bis dahin ein unbeschriebenes Blatt. Er besaß einen kleinen Maschinenbaubetrieb irgendwo im Badischen, aber von heute auf morgen avancierte er zum Chef eines milliardenschweren Unternehmens."

Wieder entstand eine kurze Gesprächspause, in der Bauer den Rest seines Salates aufaß. „Das klingt zwar merkwürdig, zugegeben, aber andererseits ist eine solche Karriere im heutigen Wirtschaftsleben doch auch nicht so selten. Irgendwelche reiche Investoren, Hedgefonds oder Ölscheichs pumpen in ein Unternehmen viel Geld und von heute auf morgen wird es zum Marktführer in irgendeiner Branche, von der man als Außenstehender bis dahin noch nicht einmal gewusst hat, dass ein solcher Wirtschaftszweig überhaupt existiert. Für Sie ist es aber sicher ein Leichtes, herauszubekommen, wer in die Peterson AG investiert hat. Die Bilanzen müssen doch offengelegt werden. Sie haben das doch sicher alles überprüft, was es da zu überprüfen gibt. Ich bin kein Wirtschaftsfachmann, sondern nur ein einfacher Kriminalbeamter bei der Mordkommission“, gab Bauer bescheiden zu und zog die Stirn in Falten.

„Natürlich habe ich versucht, möglichst viel über Petersons Finanzen herauszubekommen, aber ich wurde blockiert. Der Wirtschaftsminister rief sogar persönlich, wie ich unter vorgehaltener Hand von der Sekretärin erfahren habe, meinen Chef an und bat ihn, mich zu verwarnen, was dann auch geschehen ist.

Mein Vorgesetzter rief mich zu sich und erklärte mir, die Wirtschaftsinteressen des Landes stünden auf dem Spiel, wenn ich weiter in Sachen Peterson AG ermitteln würde.“

Bauer sah die Staatsanwältin erstaunt an. „So etwas, dachte ich bisher, käme nur in Diktaturen, Bananenrepubliken oder schlechten Filmen vor.“

Die Staatsanwältin lächelte ihn an, als ob sie mit ihrem Lächeln sagen wollte: Wie naiv du doch bist.

Sie sagte das natürlich nicht, sondern behielt den sachlichen Ton bei: „Das gibt es leider auch bei uns. Ich will hoffen, dass es sich dabei um eine Ausnahme von der Regel handelt.“

„Und Rehberger ging davon aus, dass Peterson mit Waffen handelt und er deswegen so reich geworden ist“, wollte Bauer wissen.

„Ja, er war fest davon überzeugt und es war schwer, ihm auszureden, dass er das öffentlich behauptet.“

„Warum haben Sie das denn getan, wo Sie doch auch glauben, dass es Verdachtsmomente in dieser Richtung gibt?“

„Es gibt Verdachtsmomente, dass da etwas Illegales läuft, das ja, aber ob es sich dabei um Waffengeschäfte handelt, können wir nicht sagen. Als Rehberger bei mir war, war ich der Meinung, dass er auf dem Holzweg ist. Peterson ist nicht so leichtsinnig, gegen das Waffenkontrollgesetz zu verstoßen. Damit macht sich Peterson die Hände nicht schmutzig. Wir haben gute Informanten in dieser Branche und haben deshalb einen recht umfassenden Überblick. Zu Peterson führt nach unserem jetzigen Wissensstand keine Spur. Rehberger redete immer nur davon, dass es Insiderwissen gäbe. Das Einzige, was er mir vorlegen konnte, waren Frachtpapiere. Dabei ging es um Baumaschinen für die Emirate. Rehberger wollte belegen, dass es sich dabei nicht wirklich um Baumaschinen handelt, sondern eben um Waffen."

„Er muss etwas gesucht haben an diesem Samstagnachmittag im Regen. Warum sonst fährt jemand bei diesem Sauwetter mit dem Fahrrad durch den Rheinpark? Und er hat offenbar etwas gefunden, das ihn in seiner Vermutung bestätigt hat." Die Staatsanwältin nickte stumm.

„Und was er da gefunden hat, das wollen wir nun herausbekommen", fasste der Kriminalpolizist das Gesprächsergebnis zusammen.

„Es muss etwas sehr Fundamentales gewesen sein, etwas, das ein Mordmotiv sein könnte", schloss Frau Dr. Werner ihre Überlegungen ab.

Sie tranken noch einen Kaffee und verließen das Restaurant. Bauer ging ins Präsidium zurück.

8

Anette war gerade aus der Mittagspause gekommen, als Bauer wieder im Polizeipräsidium eintraf.

„Und, was hatte die Frau Staatsanwältin zu berichten?“, wollte sie wissen. Sie schaute ihren Kollegen mit gespannter Erwartung an.

„Sie meint, es gäbe Verdachtsmomente gegen ein gewisses Unternehmen. Gegen die Peterson AG, die sich vor ein paar Monaten am Flughafen niedergelassen hat. Rehberger sei bei ihr gewesen und hätte etwas von illegalem Waffenhandel erzählt. Aber sie glaubt nicht daran, dass Peterson mit Waffen handelt. Trotzdem sei da etwas Undurchschaubares. Es hätte einen Anfangsverdacht gegen Peterson gegeben, aber das Ermittlungsverfahren musste eingestellt werden. Jetzt vermutet sie, dass Rehberger etwas gefunden hat, das Petersons illegale Machenschaften belegt. Sie erwähnte auch, dass sie vom Oberstaatsanwalt zurückgepfiffen worden sei, als sie dem Unternehmer auf den Zahn fühlen wollte.“

Anette stieß ein leises Pfeifgeräusch aus. Das machte sie öfter, wenn ihr etwas spannend vorkam, wie Bauer bereits aufgefallen war.

„Eine toughe Frau, die Frau Staatsanwältin“, sagte Anette anerkennend.

„Tough ja“, bestätigte Bauer. „Aber bis jetzt leider erfolglos. Und wenn sie als Staatsanwältin bei den Wirtschaftsbehörden auf Granit beißt, dann haben wir als kleine Kriminalpolizisten dort erst recht keine Chance. Wie gehen wir weiter vor, was denkst du, Anette?"

„Ich denke, wir sollten uns mal auf unterer Ebene bewegen. Wir sollten uns mal Rehbergers politische Freunde und Feinde vornehmen, vielleicht kriegen wir dort etwas raus."

Bauer stimmte seiner Kollegin zu und holte ein altes Zweimarkstück aus seinem Geldbeutel. „Das habe ich mir für besondere Gelegenheiten aufgehoben", erklärte er. „Kopf oder Zahl?", war seine Frage.

„Kopf heißt SPD, Zahl Grüne, die in Mannheim mit der SPD eng zusammenarbeiten. Also zuerst die Freunde, vielleicht hat er unter denen ja einige Vertraute, denen er seine Geheimnisse erzählt hat und wir finden so auf einem ganz einfachen Weg unseren Ermittlungsansatz."

„Du darfst wählen", sagte Bauer herausfordernd zu seiner Kollegin.

„Gut, dann nehme ich Frau Schwarzkopf von der SPD-Fraktion. Die wollte ich schon lange mal kennenlernen", sagte Anette, ohne auf Bauers Spiel mit der Münze einzugehen.

9

Sie machten sich zu Fuß auf den Weg zum Rathaus. Karin Schwarzkopf und Felix Delius warteten dort bereits auf die Beamten.

Vom Polizeipräsidium zum Rathaus waren es nur 15 Minuten Fußmarsch und der Spaziergang tat beiden gut. Die Luft war zwar noch kalt, aber nach der langen Regenperiode brach die Sonne durch und man spürte überall den Frühling.

Sie gingen schweigend nebeneinander her. Bauer bereitete sich innerlich auf das Gespräch mit dem Grünenfraktionsvorsitzenden vor. Anette hatte ihm einige Informationen gegeben. Delius war Mitte 30 und studierter Volkswirt. Er stand für eine sachbezogene Politik und kam bei der Bevölkerung gut an. Man schätzte seinen Sachverstand und die unaufgeregte Art und Weise seiner Rede. Auch in der Landespolitik hatte er sich schon Verdienste erworben. Er galt als Hoffnungsträger seiner Partei. Delius wurde eine große Parteikarriere vorhergesagt.

Bauer erinnerte sich an seine ersten Kontakte mit den Grünen, die er als Polizeischüler gehabt hatte. Damals hatten Hunderttausende gegen das Zwischenlager in Gorleben demonstriert und es war ziemlich oft zu Konfrontationen zwischen den Demonstranten und der Polizei gekommen.

Bauer war damals der Überzeugung gewesen, Atomkraftwerke seien notwendig, um die Stromversorgung des Landes sicherzustellen und er hatte oft von seinem Schlagstock Gebrauch gemacht, um die anrennenden Demonstranten, die verhindern wollten, dass die Baumaschinen auf das Gelände des geplanten Zwischenlagers fuhren, zurückzutreiben.

Die Demonstranten hatten seiner Meinung nach kein Recht zu solchen Übergriffen gehabt. Die Baumaßnahmen der Landesregierung waren völlig legal gewesen und er als Polizist hatte die Aufgabe gehabt, das Recht vor den Rechtsbrechern zu schützen.

Unter diesen Demonstranten waren viele gewesen, die später die Grünen mit begründet hatten. Bauer hatte die Atomkraftgegner gehasst. Nicht zuletzt deshalb, weil er an vielen Wochenenden Dienst hatte schieben müssen.

Bauers Einstellung zu Atomkraftwerken hatte sich Mitte der 80er-Jahre mit dem Super-GAU von Tschernobyl geändert.

Als sich die beiden Polizisten beim Portier des Rathauses nach den Fraktionsbüros erkundigten, wurden sie in verschiedene Richtungen dirigiert. Anette musste mit dem Fahrstuhl in den ersten Stock fahren, Bauer ging den Gang entlang in den östlichen Flügel des Untergeschosses. Dort klopfte er an eine Tür, an der ein historisches Plakat hing: „Gorleben soll leben", stand darauf.

„Guten Tag, mein Name ist Bauer", stellte er sich vor. „Sind Sie Herr Delius?"

Bauer hatte sich den Fraktionsvorsitzenden nach der Beschreibung von Anette doch ganz anders vorgestellt und er war erleichtert, als der Angesprochene die Frage verneinte. Der Sekretär wies auf eine Tür, die seitlich in ein weiteres Zimmer führte.

„Unser Fraktionsvorsitzender erwartet Sie bereits. Möchten Sie etwas trinken?", fragte er noch freundlich.

„Ja, einen Kaffee, wenn's keine Umstände macht", antwortete Bauer.

„Ist gleich fertig", antwortete der Sekretär.

Delius saß an einem Tisch, auf dem Tassen und Gläser standen. Er erhob sich, als der Kriminalbeamte eintrat. Ein smarter, schlanker Mann mit einer Gelehrtenbrille und dunklen Haaren, die an der Seite schon grau zu werden begannen.

Nachdem die beiden Männer wieder Platz genommen hatten, gab der Fraktionsvorsitzende bekannt, dass er von dem Mord bereits wisse. Der Oberbürgermeister habe ihn bereits am Sonntagabend informiert und um Stillschweigen gebeten.

„Solche Verbrechen werden ja immer gerne von der Boulevardpresse ausgeschlachtet", erklärte der Politiker. „Was ist für die Öffentlichkeit interessanter als eine öffentliche Person, die auf eine rätselhafte Art und Weise zu Tode gekommen ist. Aber irgendwann müssen Sie ja doch an die Öffentlichkeit gehen. Das bleibt Ihnen ja nicht erspart."

Bauer nickte.

„Der Polizeipräsident hat eine Pressekonferenz für Mittwoch angesetzt. Aber zurzeit wissen wir ja noch nicht viel. Vielleicht können Sie uns weiterhelfen."

Der Fraktionsvorsitzende lächelte. „Wenn ich kann, werde ich das gern tun."

Bauer fiel auf, dass Delius ein sehr gepflegtes Hochdeutsch sprach. Er kam also auch nicht von hier.

„Die Stadt wird von Fremden regiert", stellte der Kriminalbeamte fest, ohne es laut auszusprechen. Er holte seinen Notizblock aus der Jackentasche und legte ihn vor sich hin. Bevor Delius zu erzählen begann, brachte der Sekretär den Kaffee. Er schenkte Bauer ein. Delius bediente sich selbst.

„Wir haben oft mit Rehberger zusammengearbeitet", begann der Fraktionsvorsitzende mit seinem Bericht. „Rehberger war mit seinen Ansichten in seiner Fraktion meistens in der Minderheit, in letzter Zeit sogar völlig isoliert. Erst recht, seit Karin Schwarzkopf Fraktionsvorsitzende ist. Sie stellte ihn kalt. Früher hatte er mehr Einfluss in der SPD. Da gab es dort noch einen innerparteilichen Ökoflügel. Aber heute sind die meisten SPD-Stadträte stromlinienförmig angepasst und trauen sich nicht, gegen die Fraktionsführung aufzumucken. Karin Schwarzkopf hat ihre Fraktion gut im Griff. Nur Rehberger ließ sich nicht so leicht auf Linie bringen. Selbst in öffentlichen Sitzungen legte er seine Position dar, zum Beispiel zum Thema Regionalflughafen."

Konnte Rehbergers Engagement gegen den weiteren Ausbau des Flughafens das Mordmotiv sein? Zum zweiten Mal stieß Bauer bei seinen Nachforschungen auf diesen Flughafen.

„Rehberger stand ganz auf unserer Seite, wenn es um den Flughafen ging", führte Delius weiter aus. „Auch er wollte den Flughafen stilllegen. Seine Partei wollte das natürlich nicht. Sie wollte den Ausbau. Auch im OB-Wahlkampf hatte die SPD nicht eindeutig Position bezogen, aber als sie gemerkt hatte, dass Frisch mit einem Wahlkampf pro Flughafen eine Menge Stimmen gewann, hat die SPD ihre Position geändert. Da war es aber längst zu spät. Klose konnte seinen plötzlichen Kurswechsel in der Flughafenfrage den Wählern nicht plausibel machen und so wurde er abgewählt. Frisch kam dran. Sie haben ihn ja sicher schon kennengelernt. Frisch ist sehr wirtschaftsfreundlich und völlig unkritisch, wenn eine neue Firma nur Arbeitsplätze verspricht. Seit er in Mannheim OB ist, bläst uns der Wind ganz schön ins Gesicht."

Bauer schrieb einige Stichworte in seinen Notizblock. Dann legte er den Kugelschreiber wieder auf den Tisch.

„Warum wollen Sie, dass der Flughafen geschlossen wird?", wollte er von dem Fraktionsvorsitzenden wissen.

„Na, die Gründe liegen doch auf der Hand. Von dem Flughafen geht eine sehr hohe Lärmbelästigung aus, die nicht zu vertreten ist, vor allem nachts nicht. Zum anderen kommt es durch das Kerosin zu enormen Umweltbelastungen und außerdem erwirtschaftet der Flughafen ein sehr hohes Defizit, wofür die Stadt mit Steuergeldern aufkommen muss."

Der Polizist schwieg einen Moment. Dann nahm er den Gesprächsfaden wieder auf.

„Das Defizit des Flughafens ist doch durch die Neuansiedlung von Betrieben in der Nähe erheblich zurückgegangen?"

Der Fraktionsvorsitzende lächelte.

„Sie meinen die Peterson AG?"

Er hielt einen Moment inne und sah den Polizisten überlegen lächelnd an. „Wenn man die aktuellen Zahlen nimmt, dann sieht die Bilanz ja ganz imponierend aus. Aber leider spiegelt sich hier nur ein Teil der Wahrheit wider. Zunächst musste nämlich die städtische Flughafengesellschaft kräftig investieren, um dieser Firma den Umzug von Karlsruhe nach Mannheim überhaupt schmackhaft zu machen."

Delius legte einen Aktenordner auf den Tisch, den er offenbar für dieses Gespräch hatte heraussuchen lassen. Wie Bauer den Zahlenkolonnen entnehmen konnte, handelte es sich hier um eine Zusammenstellung unterschiedlicher Kosten für Baumaßnahmen, die in den letzten Monaten getätigt worden waren oder in nächster Zeit ausgeführt werden sollten. Alle diese Baumaßnahmen hatten, wie Delius versicherte, unmittelbar mit der Ansiedlung der Peterson AG in Mannheim zu tun.

„So", sagte der Fraktionsvorsitzende schließlich triumphierend.

„Und jetzt rechnen Sie mal die vermeintlichen Mehreinnahmen dagegen. Dann werden Sie nämlich merken, dass das Peanuts sind gegen die Kosten."

Bauer war erstaunt. „Und warum wird das so gehandhabt?"

„Auch das kann ich Ihnen erklären. Mannheim hat eine Menge Probleme. Wesentlich ist hierbei der Strukturwandel. Wenn es nicht gelingt, in innovativen Bereichen Arbeitsplätze zu schaffen, wird der städtische Haushalt in einigen Jahren zu einem echten Problemfall. Die Metallindustrie, die ursprüngliche Quelle des Reichtums der Stadt, verliert jeden Tag Arbeitsplätze. Im vergangenen Jahr waren es über 2.000. Das ist ein Riesenproblem. Das wusste Klose und das weiß auch der neue OB. Und auch wir wissen es. Alle verantwortlichen Kommunalpolitiker stehen vor der Frage, wie Mannheim für die Zukunft wirtschaftlich fit gemacht werden kann. Es gibt keine Patentrezepte, aber die Peterson AG könnte tatsächlich der Weg in eine bessere Zukunft sein. In diesem Punkt stimmen wir dem OB sogar zu. Das Unternehmen ist international gut aufgestellt. Der Börsengang war vor zwei Jahren. Damals kostete die Aktie 23 Euro, heute steht sie bei 86 Euro. Daraus können Sie schon ermessen, welches Potenzial in diesem Unternehmen steckt."

Bauer goss sich noch einen Kaffee ein.

„Hatte Gustav Rehberger persönliche Feinde?", wollte der Kriminalbeamte als Nächstes von dem Grünen wissen.

„Ja, natürlich – wer hat die nicht", antwortete dieser. „Ich kannte ihn ja persönlich nicht so gut, aber was den politischen Bereich angeht, glaube ich nicht, dass es da jemanden gibt, der ihm wirklich nach dem Leben trachtete. Das wäre auch vollkommen sinnlos. Im nächsten Jahr sind Kommunalwahlen und spätestens dann hätte Rehberger sein Mandat verloren. Da braucht man kein Prophet zu sein, um dies zu wissen. Rehberger war in seiner Fraktion vollkommen isoliert. Kein Ortsverband hätte ihn jemals auf eine Kandidatenliste genommen. Also, politisch gesehen, war Rehberger erledigt. Das muss er auch selbst gewusst haben, er war ja schließlich ein alter Hase in der Kommunalpolitik."

„Sie meinen also nicht, dass der Mord an dem Stadtrat in irgendeinem politischen Zusammenhang steht?" Bauer schrieb ein paar Stichpunkte in sein Notizbuch.

„So möchte ich das aber andererseits auch nicht stehen lassen", korrigierte sich der Fraktionsvorsitzende nach einem kurzen Augenblick des Nachdenkens. „Es könnte ja sein, dass er mit seinen ewigen Nachforschungen und Befragungen jemandem tatsächlich auf die Füße getreten ist. Es muss sich da ja nicht unbedingt um die Peterson AG gehandelt haben. Rehberger hat da ja auch an anderen Fällen gearbeitet, die für Mordmotive infrage kommen."

„An welchen zum Beispiel?", fragte Bauer interessiert.

„Na, zum Beispiel hat er auch das Rotlichtmilieu am Bahnhof attackiert. Er hat den Bau eines Großbordells verhindert. Und in diesem Milieu sind Morde nicht so ungewöhnlich. Dort wird mit solchen Methoden gearbeitet."

Bauer nickte und bedankte sich.

„Wenn Sie weitere Fragen haben, können Sie gerne auf mich zukommen. Ich gebe Ihnen noch meine private Handynummer."

Delius reichte Bauer seine Visitenkarte. Bauer bedankte sich und machte sich auf den Weg nach draußen.

10

Kaum 300 Meter vom Rathaus entfernt war der Sitz der Rheinbank. In einem eleganten Jugendstilgebäude, im Zentrum von Mannheim, tagte der Kreditausschuss und stellte die Weichen für die zukünftige Geschäftspolitik des stadteigenen Instituts. Neben Oberbürgermeister Frisch, der die Sitzung leitete, und den Vorsitzenden von CDU und SPD, die ebenfalls dem Kontrollgremium angehörten, waren der Vorstandsvorsitzende der Bank, Dr. Reiter, sowie der Leiter der Abteilung Firmenkredite, Dr. Wendland, bei dieser Sitzung anwesend.

Man hatte die Sitzung mit einer Schweigeminute für Gustav Rehberger begonnen. Der Stadtrat hatte einige Jahre dem Aufsichtsrat der Bank angehört. Die SPD hatte aber bei der letzten Wahl Stimmen verloren und somit auch Sitze in städtischen Aufsichtsräten, die nach dem d'Hondtschen Verfahren gemäß den erreichten Wahlergebnissen verteilt wurden. Von der SPD war nun also nur noch die Fraktionsvorsitzende selbst im Aufsichtsrat.

Nach der Schweigeminute berichtete Karin Schwarzkopf, dass eine Kriminalbeamtin bei ihr gewesen sei. Sie habe sich nach Rehbergers Aufgaben erkundigt und gefragt, ob er politische Feinde gehabt hätte.

„Die hatte er sicher", grinste ihr Kollege von der CDU-Fraktion, Stefan Müller. Müller war ein junger, dynamischer Verwaltungsfachmann, dem die Lokalpresse eine große politische Zukunft voraussagte.

„Und nicht nur bei uns", fuhr er süffisant in seiner Rede fort. „Ich glaube, er hatte sogar mehr Gegner unter seinen eigenen Parteigenossen, aber was spielt das jetzt noch für eine Rolle?"

Dr. Berger, dem Vorstandsvorsitzenden der Bank, traten die Schweißtropfen auf die Stirn. „Diese Ermittlungen könnten Investoren abschrecken", warf er in die Runde.

„Sie meinen damit doch wohl nicht Peterson, über den Rehberger ja allerhand Gerüchte in die Welt gesetzt hat", erkundigte sich Müller. „Der müsste jetzt ja eher erleichtert sein", fügte der junge Aufsteiger unpassenderweise hinzu.

Karin Schwarzkopf sah ihn missbilligend und angewidert an.

„Peterson hat eine weiße Weste und braucht nichts zu befürchten", meldete sich der OB zu Wort. Er griff nach dem Glöckchen, um die Sitzung zu eröffnen. Das war sein Part. Auf der Tagesordnung stand nur ein Punkt – eine Kreditvergabe an die Peterson AG in Höhe von 100 Millionen Euro.

Der Oberbürgermeister stellte noch einmal die Kernpunkte des Antrags vor. Der Schwerpunkt seiner Darstellung lag dabei auf der schriftlich gegebenen Zusage der Peterson AG, den Konzernsitz im Zuge des weiteren Ausbaus der bereits am Flughafen befindlichen Firmengebäude nach Mannheim zu verlegen.

„Wir brauchen diese Firma unbedingt in Mannheim", appellierte das Stadtoberhaupt.

„Im vergangenen Jahr haben wir mehr als 2.000 Arbeitsplätze verloren. Es ist uns in diesem Jahr offenbar gelungen, den Abwanderungstrend der Industrie zumindest zu verlangsamen. Dadurch haben wir etwas Zeit gewonnen, um neue

Strukturen zu schaffen. 100 Millionen hört sich vielleicht viel an, aber wenn es uns dadurch gelingt, Peterson an Mannheim zu binden, macht sich das Risiko bezahlt. Und außerdem, so hoch ist das Risiko auch wieder nicht. Sie sehen ja die Aktienkurse. Peterson ging vor zwei Jahren mit 23 Euro an die Börse. Heute steht das Papier bei 86 Euro. Wer spricht denn bei einem solchen Unternehmen von Risiko? Wir können doch in diesem Fall nur gewinnen."

Die Rede des Oberbürgermeisters klang überzeugend und schließlich stimmte auch der Vertreter des Personalrats zu. Auch er mache sich Sorgen um die Arbeitsplätze in der Stadt. Es gehe nicht nur um die Bank, es gehe um die Zukunft der Region, die hier auf dem Spiel stünde, meldete sich der Arbeitnehmervertreter zu Wort. Der Einzige, der nicht in den Kanon der Kreditbefürworter einstimmte, war Dr. Wendland.

Dr. Wendland erläuterte dem Aufsichtsrat die Aufgaben der Bank aufgrund der Statuten, die eingehalten werden müssten und er beendete seine Rede mit den Worten: „Die Peterson AG ist ein Unternehmen mit Sitz in Karlsruhe. Solange dies der Fall ist, untersagen uns unsere Statuten, hier Kredite zu vergeben."

Nach dieser Rede entstand eine kurze Pause, in der die Teilnehmer miteinander tuschelten. In diese Unruhe hinein redete der OB. Die Aufsichtsräte beendeten sofort ihr Gespräch.

„Dr. Wendland", antwortete Frisch. „Ich schätze Ihren Sachverstand sehr, das wissen Sie. Aber von den politischen Geschäften verstehen Sie nichts. Mein Ziel ist es, und ich glaube, ich befinde mich da im Einklang mit fast allen der hier Anwesenden, die Peterson AG nach Mannheim zu holen. Dieses aufstrebende Unternehmen stellt im Moment die einzige Hoffnung für uns dar. Ohne neue Unternehmen gehen hier in ein paar Jahren die Lichter aus. Das wissen alle verantwortlichen Menschen in dieser Stadt. Ich bitte Sie, überdenken Sie Ihre Position nochmals und stimmen Sie dem Antrag zu."

Der Appell des OBs war eindringlich, aber scheinbar ließ sich Dr. Wendland dennoch nicht umstimmen. „Ob die Ansiedlung dieses Unternehmens für Mannheim so ein Gewinn wäre, wage ich zu bezweifeln", setzte der Gemaßregelte entgegen.

Der OB stand kurz davor, wütend zu werden. Er rang um Fassung, um nicht loszubrüllen, zügelte sich dann aber doch noch und strebte offensichtlich danach, in seine Rede Ruhe und Sanftmut zu legen.

„Dr. Wendland", sagte der OB, er flüsterte es fast, „erlauben Sie bitte. Ich kenne den Firmenchef schon seit vielen Jahren persönlich. Er hat ein Unternehmen aus dem Boden gestampft, das heute Weltgeltung besitzt. Und das in äußerst kurzer Zeit."

Dr. Wendland fühlte sich beleidigt. Er hatte dem OB einen vertraulichen Brief geschrieben, ebenso den beiden anwesenden Fraktionsvorsitzenden. Keiner der Drei hatte ihm geantwortet. In diesem Schreiben hatte Dr. Wendland erwähnt, dass es Gerüchte gäbe, denen zufolge die Peterson AG mit Waffen handele.

„Peterson handelt nicht mit Waffen", nahm nun der OB die in dem Brief geäußerten Vorwürfe auf. „Er handelt mit Turbinen und Baumaschinen, die zum Beispiel bei der Landgewinnung in den Emiraten dringend gebraucht werden. In Dubai stampfen die Scheichs in den nächsten Jahren eine

Weltstadt aus dem Meer. Die bauen heute Städte auf Arealen, die weit unter dem Meeresspiegel liegen. Und dafür brauchen sie unsere Technologie. Waffen sind das keinesfalls, mit denen Peterson sein Geld verdient. Das ist eine Beleidigung. Ich weiß genau, woher Ihre Informationen stammen. Und ich sage Ihnen eines. Diese Informationen sind nichts wert. Nichts weiter als böswillige Unterstellungen von Rehberger. Frau Schwarzkopf wird Ihnen bestätigen, dass Rehberger auch in seiner eigenen Partei mit diesen Ansichten völlig isoliert dastand, nicht wahr, Frau Schwarzkopf?“

Die Angesprochene nickte zustimmend. „Sehen Sie, Herr Dr. Wendland. Rehbergers Vorwürfe sind aus der Luft gegriffen. Rehberger wollte Peterson schaden.

Ich selbst habe Rehbergers Anschuldigung nachprüfen lassen und habe sie sogar so ernst genommen, dass ich beim Wirtschaftsministerium nachgefragt habe. An diesen Behauptungen ist nichts dran, glauben Sie mir. Das hat mir der Wirtschaftsminister selbst versichert.“

Der OB setzte sich wieder auf seinen Platz, von dem er sich während der lautstark vorgetragenen Rede erhoben hatte. Er wischte sich mit einem blütenweißen Taschentuch den Schweiß von der Stirn und rückte seine Brille zurecht, die sich in der Aufregung verschoben hatte. Es entstand ein Moment des betroffenen Schweigens, das von der Wortmeldung Karin Schwarzkopfs unterbrochen wurde:

„Ich gebe dem Oberbürgermeister zwar ungern recht, wie man weiß“, fing sie an, „aber in diesem Fall tue ich es uneingeschränkt. Mannheim braucht die Peterson AG, Mannheim braucht neue, potente Partner. Herr Dr. Wendland, überdenken Sie Ihre Position. Wir können heute nicht mehr wie das schnuckelige kommunale Institut agieren, das die Rheinbank bis vor einigen Jahren noch war. Heute stellen sich ganz andere Anforderungen an uns. Wir müssen global denken und handeln."

Dr. Wendland hatte sich ganz in seinen Sessel zurückgelehnt. Er fühlte sich beleidigt und spürte, dass seine Bemühungen, die Kreditvergabe an Peterson zu verhindern, nun endgültig gescheitert waren. Auch Dr. Berger würde einknicken, darüber machte sich der Bankier keine Illusionen. Am meisten ärgerte ihn aber Frischs nassforsche Art. Obwohl parteilos wurde der neue Oberbürgermeister von der CDU regelrecht hofiert. Stefan Müller verhielt sich geradezu liebedienerisch. Dass jetzt auch die SPD-Fraktion Frisch auf den Leim ging, ließ Wendlands Versuch, die Rheinbank vor einem Riesenfehler zu bewahren, gänzlich aussichtslos erscheinen.

Noch letzte Woche hatte er eindringlich mit Karin Schwarzkopf gesprochen. Wäre Dr. Berger standhaft geblieben, wäre sie vielleicht auch gegen den Kredit gewesen. Aber jetzt sah alles ganz anders aus.

Dr. Wendland musste sich eingestehen: Sein Kampf war verloren. Aber er hatte einen Trost: Nur ein paar Jahre blieben ihm noch bis zur Pensionierung. ‚Die werde ich auch noch überstehen', ging es ihm durch den Kopf.

Dr. Wendland ließ es sich aber dennoch nicht nehmen, bei der Abstimmung als Einziger gegen die Kreditvergabe an Peterson zu stimmen.

11

Jürgen Bauer löste sich von seinem Spiegelbild im Schaufenster der Herrenboutique und ging weiter durch die Planken. Am Paradeplatz bog er links ab. Die ersten warmen Tage hatten bereits zahlreiche Gäste in die Biergärten gelockt und der Polizist überlegte einen Augenblick, ob er sich zu diesen Besuchern dazugesellen sollte, aber er war viel zu neugierig, von seiner Kollegin zu erfahren, ob bei der Befragung von Karin Schwarzkopf etwas herausgekommen war. Er für seinen Teil hatte jedenfalls aus den Ausführungen des Grünen-Chefs ziemlich viel gelernt.

„Das sind alles so aalglatte Typen", begann er mit seinem Bericht, als er im Präsidium Anette Schreiber gegenübersaß.

„Zwischen den einzelnen Parteivertretern nimmt man heute keine Unterschiede mehr wahr und ich bin mir noch nicht ganz schlüssig darüber, ob diese Entwicklung positiv oder negativ zu bewerten ist. Jedenfalls habe ich bei Delius eine ganze Menge über städtische Haushaltspolitik erfahren. Die Haushalte, die der Öffentlichkeit vorgelegt werden, das sind ja die reinsten Märchenbücher, die je nach Gutdünken aufgestellt werden können. Entsprechend der jeweils vorhandenen politischen Absicht werden die Zahlenkolonnen so oder so aufgeführt. Und das Schlimme daran ist – das ist alles legal."

„Hat Delius etwas über Peterson erzählt?"

„Ja, warte", Bauer zog sein Notizbuch aus der Jackentasche und fasste zusammen: „Delius sieht in der Peterson AG ein ziemlich erfolgreiches Unternehmen. Er begründet dies mit dem Aktienkurs, der innerhalb von zwei Jahren von 23 Euro auf 86 Euro gestiegen ist. Den Plan des Oberbürgermeisters, die Peterson AG in Mannheim ansiedeln zu wollen, unterstützt er und sieht die Sache ähnlich wie dieser.

In der Vergangenheit seien viele Arbeitsplätze durch Abwanderungen oder Betriebsschließungen verloren gegangen. Arbeitsplätze in innovativen Bereichen müssten erst noch geschaffen werden. Er nannte Hightech oder den Dienstleistungsbereich. Der wesentliche Knackpunkt, an dem sich die Grünen vom OB unterscheiden, ist der Ausbau des Flughafens. Das befürworten sie nicht, im Gegenteil, sie wollen den Flughafen ganz dichtmachen. Soweit zu den Grünen", schloss er seinen Vortrag. „Und was sagt die politische Konkurrenz?"

„Na, so viel Konkurrenz sehe ich da ja nicht", erwiderte Anette Schreiber. „Delius wird von der SPD-Chefin außerordentlich gelobt, ebenso der Oberbürgermeister, der frischen Wind in die Stadt gebracht hätte. Dem OB scheint Frau Schwarzkopf näher zu stehen als ihrem Fraktionskollegen Rehberger, wenn ich die Sache richtig sehe. Die Einschätzung, warum die Peterson AG unbedingt nach Mannheim müsse, ist übrigens so ähnlich wie bei deinem Kandidaten. Arbeitsplätze seien verloren gegangen und gehen weiter verloren. Es müssten unbedingt Alternativen her. Die SPD stellt sich in ihrer großen Mehrheit natürlich hinter den Regionalflughafen. Die Gegner dieses Projektes sind dort in der Minderheit. Allein Rehberger sprach sich öffentlich gegen den Flughafen aus."

„Niemand von denen sagt etwas Positives über Rehberger, ist das nicht traurig?", stellte Bauer fest. „... und dabei hat er sich so den Hintern aufgerissen, nach allem, was man hört. Bei der Bevölkerung war er scheinbar beliebt."

„Tja“, fügte Anette Schreiber nachdenklich hinzu, „er passte eben nicht mehr in das Rollenbild eines modernen Politikers. Da musst du offen sein für die Belange der Wirtschaft und telegen, sonst kommst du nicht an. Die Schwarzkopf und der Delius, die sind das offensichtlich. Und der OB Frisch ist das auch. Aber zurück zu unserem Fall, den wir ja lösen wollen. In einem Punkt war mein Gespräch mit Frau Schwarzkopf vielleicht doch etwas ergiebiger als deins mit dem Delius: Sie hat mehr Insiderwissen, was die Peterson AG anbelangt. Die Firma handelt mit hoch komplizierter Elektronik, die zurzeit vorwiegend in den Mittleren Osten verkauft wird und dort beim Bau der neuen Städte in den Emiraten zum Einsatz kommt. Im Aufsichtsrat sitzt sogar ein einflussreicher Geschäftsmann aus den Emiraten. In diesen Verbindungen sieht Frau Schwarzkopf die eigentliche Qualität des Unternehmens. Sie bekam richtig Glanz in die Augen, als sie mir ihre Visionen unterbreitete. Dann beendete leider die Sekretärin das Gespräch. Frau Schwarzkopf hätte noch eine wichtige Sitzung bei der Rheinbank, zu der sie keinesfalls zu spät kommen dürfe.

Das Gerücht mit dem Waffenhandel, den die Peterson AG betreiben würde, sei übrigens völlig aus der Luft gegriffen. Rehberger hätte es in die Welt gesetzt, um die Firma zu diskreditieren. Sie habe natürlich den Wahrheitsgehalt dieser Behauptung überprüft und hätte sich direkt mit dem Wirtschaftsminister in Verbindung gesetzt. Der habe ihr persönlich empfohlen, Peterson eine goldene Brücke nach Mannheim zu bauen.“

12

Die Pressekonferenz sollte am Nachmittag sein, aber sie hatte sich eigentlich erübrigt. Noch bevor Bauer am nächsten Morgen im Polizeirevier eintraf, waren die Mörder scheinbar auch ohne Zutun der Polizei gefunden. Auch das Motiv wurde gleich mitgeliefert. Bauer blickte auf die Titelseite des *Mannheimer Tagblatts* und las: „Stadtrat ermordet – kamen die Mörder aus dem Rotlichtmilieu?“ Bauer kaufte sich rasch eine Zeitung und steckte sie in die Jackentasche.

In seinem Büro angekommen, hängte er die Jacke an den Kleiderhaken, holte einen Kaffee am Automaten, setzte sich hin und las. In dem Artikel war die Rede von Rehbergers Engagement gegen das geplante Bordell. Ein ausländischer Investor habe geplant, ein Bordell mit über 50 Zimmern zu errichten. Dagegen hatte sich der Stadtrat gewehrt, weil er der Meinung gewesen sei, dass die Stadt keine zusätzlichen Etablissements dieser Art brauche. Es gäbe schon genug davon. Durch seinen Einsatz hätte Rehberger dieses Bordell auch tatsächlich verhindert. Der Betreiber hätte ihm Rache angedroht. In den Kreisen dieser internationalen Bordellbetreiber sahen die Reporter des *Mannheimer Tagblattes* nun auch die Mörder von Rehberger.

Bauer legte die Zeitung beiseite. In der Telefonzentrale lag schon ein Stapel von Notizen mit Hinweisen auf Rehbergers Mörder für ihn bereit. Angefacht durch den Bericht hatten sich zahlreiche Zeugen gemeldet, die etwas zur Aufklärung des Falls beitragen wollten. Spuren, die man auswerten musste, auch wenn man sich ziemlich sicher sein konnte, dass viele davon ins Leere führen würden. Er sortierte die Notizen und wollte sie der Reihe nach abarbeiten. Bei mehreren Leuten rief er zurück. Einer behauptete, er hätte Rehberger auf dem Radweg zwischen Speyer und Mannheim gesehen. Er hätte auf der Fähre den Rhein überquert und er hätte sich mit ihm auf der Überfahrt noch über den Regen unterhalten, der an diesem Samstagnachmittag immer stärker geworden war.

Auf der anderen Flussseite sei Rehberger dann in den Rheinpark eingebogen.

„Um wie viel Uhr ist das gewesen?“, wollte Bauer wissen.

„Ich kann mich nicht mehr genau an die Uhrzeit erinnern, aber es war schon am späten Nachmittag, so gegen achtzehn Uhr vielleicht. Es war zwar noch hell, aber ziemlich neblig und es regnete ununterbrochen. Meine Jacke war nicht richtig imprägniert. Ich kam völlig durchnässt zu Hause an“, war die Antwort.

In der Zwischenzeit war Anette im Präsidium eingetroffen. Bauer schob ihr die Zeitung hin, sie hatte den Artikel bereits gelesen.

„Es ist immerhin möglich, dass an diesen Spekulationen was dran ist“, kommentierte sie Bauers skeptischen Blick.

„Ja, Rehberger hat sich wirklich überall unbeliebt gemacht, weil er seine Nase in alles hineingesteckt hat. Auch in diese Bordellgeschichte vor einem halben Jahr. Dass er aus diesem Milieu heraus bedroht wurde, stimmt. Er hat merkwürdigerweise keine Anzeige erstattet und auch keinen Polizeischutz verlangt. Aber wir wussten, dass es Drohanrufe und Drohbriefe gegeben hat. Seine Frau hat es uns gesagt. Sie hielt es nicht mehr aus, ständig am Telefon angepöbelt zu werden. Wenn er selbst auf die Sache angesprochen wurde, hat er nur immer gesagt: Hunde, die bellen, beißen nicht. Und damit war der Fall für ihn erledigt."

„Und zu diesem Milieu würde auch ein solcher Mord passen, das gab es in Hamburg oft", vervollständigte Bauer Anettes Vermutungen.

„Das wäre zu einfach, findest du nicht?", entgegnete sie und fügte hinzu: „Rehberger hat das vermutlich richtig gesehen. Die drohen nur, schüchtern ein, ärgern sich vielleicht, aber dann räumen sie das Feld und bauen das Bordell in einer anderen Stadt, wo sich die Leute weniger darüber aufregen."

„Immerhin ist das Bordell eine Spur, die wir nicht aus den Augen verlieren sollten." Anette stimmte ihrem Kollegen zwar zu, gab aber zu verstehen, dass sie sich von dieser Spur wenig versprach.

Am frühen Nachmittag gingen beide zur Pressekonferenz. Sie fand im Konferenzsaal des Polizeipräsidiums statt.

Die Konferenz wurde von Oberstaatsanwalt Dr. Kohlhaas geleitet. Der Staatsanwalt fasste die Ermittlungsergebnisse zusammen und zeigte Fotos vom Tatort und von dem Ermordeten.

„Sehen Sie einen Zusammenhang zwischen dem politischen Mandat des Ermordeten und dem Mordmotiv?", wollte ein Journalist wissen.

„Die Ermittlungen laufen im Moment in unterschiedliche Richtungen, Stadtrat Rehberger war ein sehr engagierter Mann und hat sich um viele Angelegenheiten gekümmert. Mit einem solchen Engagement macht man sich natürlich nicht nur Freunde."

„Was ist an den Informationen dran, die heute von einer Mannheimer Tageszeitung verbreitet wurden? Gibt es einen Zusammenhang zwischen dem Mord und dem Bordell, das Rehberger verhindert hat?“

„Dazu können wir noch nichts sagen, wie gesagt, wir ermitteln. Wir haben aber noch keine heiße Spur“, schaltete sich der Polizeipräsident in das Gespräch ein.

Bauer, der neben diesem saß, entdeckte Frau Dr. Werner unter den teilnehmenden Journalisten. Ihre Anwesenheit schien Dr. Kohlhaas nicht besonders zu gefallen.

Wahrscheinlich würde er sie am liebsten des Saales verweisen, dachte Bauer, der von der feindseligen Stimmung zwischen den beiden gehört hatte.

Bauer, als leitender Ermittler, berichtete im Anschluss an die Ausführungen des Polizeipräsidenten von der Situation am Tatort, wie die Leiche gefunden wurde und wo das Fahrrad lag. Dann gab er den Journalisten ein paar Fragen mit auf den Weg, an deren Beantwortung er als Ermittlungsleiter interessiert war: Wer hat in den Tagen vor dem Mord mit Gustav Rehberger gesprochen? Wer weiß, wo sich Rehberger in den letzten Stunden vor seinem Tod aufgehalten hat, wohin er mit dem Fahrrad unterwegs war?

Um 16 Uhr war die Pressekonferenz zu Ende. Auf dem Rückweg zu seinem Büro ging Bauer noch zum Erkennungsdienst. Der Beamte dort hatte ihm versprochen, bis nach der Pressekonferenz seine Karteien durchzugehen und zu versuchen, mehr über die unbekannte Frau aus dem Weinlokal, die vermutlich aus Kroatien stammte, herauszubekommen. Aber der Kollege musste ihn enttäuschen. Die Person sei hier völlig unbekannt.

„Das können wir mit Sicherheit sagen, so groß wie in Hamburg ist diese Szene bei uns nicht. Soweit zum Thema Rotlichtmilieu, das von der Presse ja breitgetreten wird."

„Woher weiß die Presse das überhaupt?", fragte Bauer im Hinausgehen.

„Das saugen die sich aus den Fingern, die müssen ja irgendetwas schreiben und was ist da aufregender als Rehbergers Kampf gegen das Großbordell. Aber wissen Sie, Herr Kommissar, so einfach liegen die Dinge selten. Wenn die von dort jemanden ermorden wollen, dann geschieht das in aller Stille. Sie posaunen das nicht vorher heraus, wie das bei Rehberger der Fall gewesen ist."

13

Am Donnerstagvormittag hatte Oberbürgermeister Frisch sehr viel zu tun. Dauernd klingelte das Telefon. Am anderen Ende der Leitung waren Anrufer, die sich von der Sekretärin nicht hatten abwimmeln lassen. Hohe städtische Beamte und Journalisten von überregionalen Zeitungen, die man nicht einfach an die Pressestelle verweisen konnte. Frisch achtete auf gute Publicity. Diese Anrufer wollten von ihm mehr erfahren, als in der Zeitung stand. Aber mehr wusste er auch nicht. Im Stillen hoffte er, dass hinter Rehbergers Tod private Angelegenheiten standen, dass er sich verzockt hatte oder ein eifersüchtiger Ehemann ihm aufgelauert hatte, aber beides war nicht zu erwarten. Rehberger war bieder und spielte nicht. Er war seit Jahrzehnten verheiratet und von Skandalen war nichts bekannt. Frisch konnte sich nicht vorstellen, dass Rehberger ein Doppelleben führte. Am wahrscheinlichsten war die Vermutung, dass der Mord im Zusammenhang mit diesem Großbordell stand. Als dieser Fall aktuell gewesen war, war er noch nicht im Amt gewesen.

Woher sonst sollten solche Mörder kommen, die so präzise und gleichzeitig so skrupellos töteten? Jemanden einfach abknallten, der auf dem Fahrrad durch den Regen fuhr.

Dem Oberbürgermeister tat Familie Rehberger leid. Er hatte die Frau kennengelernt. Eine gutmütige, bescheidene Frau aus einem der dörflichen Vororte Mannheims. Einfache Leute wie sie hatten die Stadt mit aufgebaut. Bieder und rechtschaffen. Aber waren das die Charaktereigenschaften, die die Stadt in diesen unsicheren Zeiten weiterbringen würden?

Aus diesen Überlegungen wurde der Oberbürgermeister durch seine Sekretärin, Frau Satorius, herausgerissen. Frau Satorius hatte Frisch von Klose übernommen. Sie war ihm eine große Hilfe, denn sie kannte das Rathaus wie ihre Westentasche und hatte großes Organisationstalent. „Ein Journalist aus Berlin ist in der Leitung. Er möchte mit Ihnen persönlich sprechen. Soll ich durchstellen?"

Sofort sah Frisch eine Chance, sich bei der Presse der Hauptstadt als Krisenmanager zu profilieren. Die Stimme am anderen Ende der Leitung klang jung und freundlich. „Hier vermutet man", sagte der Oberbürgermeister sachlich, „dass Gustav Rehberger aufgrund seines Engagements gegen die Prostitution umgebracht worden ist."

Die Stimme am anderen Ende der Leitung nahm plötzlich einen förmlichen Klang an.

„Es gibt aber auch Spekulationen, die in eine ganz andere Richtung deuten“, gab der Journalist zur Kenntnis. Es entstand eine Gesprächspause.

„Davon ist mir bis jetzt noch nichts bekannt. Mir liegt die Presseerklärung der Polizei vor, die Sie über die dortige Pressestelle beziehen können.“

Der Journalist ließ sich nicht abwimmeln: „Laut unseren Informationen hat kürzlich die Peterson AG in Mannheim ein Gelände am Flughafen gekauft.“

Wieder entstand eine Gesprächspause. „Was wollen Sie damit sagen?“, forschte Frisch.

„Uns ist bekannt, dass die Peterson AG in Waffengeschäfte verstrickt ist.“

Der Oberbürgermeister lehnte sich in seinen Sessel zurück und wartete einen Moment.

Dann sagte er sehr ruhig: „Davon ist mir nichts bekannt. Natürlich haben wir, bevor wir die Pläne der Peterson AG genehmigten, genaue Informationen über das Unternehmen eingezogen und ich kann Ihnen versichern, dass an den Gerüchten, auf die Sie hier anspielen, überhaupt nichts dran ist. Die Peterson AG ist ein großer Investor mit Sitz in Karlsruhe. Wir waren froh, dass sich die Firma für das Gelände in unserer Stadt entschieden hat. Die Stadt Mannheim steht voll hinter Manfred Peterson und seiner Firma. Bitte wenden Sie sich, wenn Sie weitere Informationen wollen, an die Pressestelle der Polizei.“

Der Oberbürgermeister verabschiedete sich höflich von dem Redakteur, bevor er den Hörer auflegte und genüsslich durchatmete. An den Gerüchten mit den Waffenlieferungen in Kriegsgebiete, die Rehberger verbreitet hatte, war nichts dran. Davon wenigstens war Frisch überzeugt. Peterson würde nie mit Waffen handeln. Das wäre ihm zu heiß gewesen. Er war ein großer Angsthase, schon in Harvard war er das gewesen. Deswegen hatte er auch sein Diplom nicht geschafft und war vorher abgehauen. Mit Waffen handelte der doch nicht.

Frau Satorius musste sich an vieles gewöhnen. Mit Klose war sie gut zurechtgekommen. In der Nacht, als der Wahlsieg von Frisch bekannt gegeben wurde, hatte sie geweint. Sie hatte gedacht, dass Frisch sie gleich versetzen würde. Aber er hatte sie nicht versetzt.

Zwischen Frisch und seiner Sekretärin würde sich nie ein Vertrauensverhältnis entwickeln. Ihre Welten waren zu verschieden. Das dynamische Gehabe des Neuen fand Frau Satorius abstoßend. Er kam ihr großsprecherisch vor, wenn er gestenreich über die Zukunft der Stadt philosophierte. Ihr voriger Chef war in seinen Tönen maßvoller, wesentlich zurückhaltender und auch bescheidener. Vor allem deswegen hatte er, ihrer Meinung nach, die Wahlen verloren. Er hatte nicht das angeberische Auftreten dieses Harvardabsolventen. Vieles hatte sich geändert, seit Frisch im Amt war. Selbst die Unterschriftenmappe, die bei Klose jahrelang in Gebrauch gewesen war, musste ausgetauscht werden. Kein Plastik mehr, sondern echtes Leder. Als Frau Satorius an der Telefonanlage sah, dass das Gespräch mit dem Journalisten beendet war, ging sie mit der Mappe zu ihrem Chef.

Frisch saß nicht, er thronte hinter seinem Schreibtisch. Sie legte die aufgeschlagene Mappe vor ihn auf die Schreibunterlage und wartete, ob er noch Erläuterungen wünschte oder weitere Anweisungen zu geben hätte. Frisch blätterte die Papiere rasch durch, las einige Schriftstücke quer, unterschrieb schließlich alle und reichte die Mappe Frau Satorius über den Schreibtisch zurück.

„Und wie sieht der Terminkalender aus?", fragte er dann. Frau Satorius brauchte nicht nachzusehen. Der Terminkalender war voll, aber als routinierte Sekretärin wusste sie jeden einzelnen Termin auswendig. Um 13 Uhr war die Sitzung des Ältestenrates. Dieser setzte sich aus den Fraktionsvorsitzenden der Parteien, den Ressortchefs der Verwaltung und dem Oberbürgermeister zusammen. Hier wurden die entscheidenden Weichen gestellt. Kontroversen, die im Stadtrat ausgehandelt werden sollten, erfuhren hier eine Art Vorklärung.

Der Ältestenrat legte auch die Tagesordnung für die Sitzung fest. Erst danach fand die Sitzung des Stadtrats statt. Diese würde bis weit in den Abend hinein dauern.

„Und morgen, wie sieht's morgen früh aus?"

„Morgen kommt Herr Peterson aus Karlsruhe." Sie wunderte sich, dass ihr Chef diesen überaus wichtigen Termin nicht im Kopf hatte. Frisch blickte die Sekretärin erstaunt an. „Was, schon morgen? Ich dachte, er käme erst nächste Woche."

Sie schüttelte den Kopf. „Nein, morgen gegen 10 Uhr hat er sich angekündigt."

Die Stadtratssitzung ging ebenso routiniert über die Bühne wie die Sitzung des Ältestenrates. Beide Sitzungen hatte der OB mit einer Schweigeminute eröffnet. Im Ältestenrat hatte er über seine Hauptsorgen berichtet: Wie wird sich dieser Mord auf das Image der Stadt auswirken? Als er merkte, dass die meisten Anwesenden mit Befremden auf seine Kaltschnäuzigkeit reagierten, war er zum allgemein Menschlichen übergegangen.

Sein Mitgefühl sei ganz bei der Familie Rehbergers. Wie im Ältestenrat ging es auch im Stadtrat hauptsächlich um die Bebauung weiterer Flächen rund um den Flughafen sowie um die Erweiterungen der Start- und Landebahnen, die für die nächsten Jahre geplant waren. Wie zu erwarten war, meldeten sich mehrere Grüne zu Wort und argumentierten dagegen. Jetzt, da Rehberger nicht mehr lebte, waren die Grünen innerhalb des Gemeinderates die Einzigen, die noch gegen den Flughafenausbau argumentierten.

Der Rest der Sitzung verging mit Routinearbeiten des Stadtrats – Stellenbesetzungen, bei denen es keine Kontroversen gab, weil schon im Ältestenrat Fragen zu den einzelnen Bewerbern beantwortet worden waren. Dann gab es noch einige Berichte aus den Städtischen Gesellschaften, unter anderem vom Aufsichtsrat der Rheinbank, die eine hundertprozentige Tochter der Stadt war. Hier wurde berichtet, dass der Aufsichtsrat beschlossen hatte, seine Aktivitäten auch über die Region hinaus auszudehnen. Die Fraktionen des Stadtrats begrüßten diese Entscheidung einstimmig.

„Die Zeit der lokalen Banken ist nun endgültig vorbei. Wer überleben will, muss sich weltweit aufstellen“, war das Fazit der Rede von Karin Schwarzkopf, zu der Frisch zustimmend mit dem Kopf nickte. Die Sitzung endete gegen 19 Uhr.

14

Am nächsten Morgen kam Frisch gegen 9 Uhr ins Rathaus. Er hatte zu Hause schon einen Teil seiner Post durchgearbeitet und auch schon die wichtigsten Tageszeitungen der Region gelesen.

Bei den meisten dieser Zeitungen stand etwas über den Mord an Rehberger auf der Titelseite.

Pünktlich um 10 Uhr betraten Manfred Peterson und ein weiterer Herr das Büro des Oberbürgermeisters. Die Begrüßung zwischen dem Unternehmer und dem Politiker war sehr herzlich. Geradezu ausgelassen klopften sie sich auf die Schultern und erinnerten an die gemeinsame Zeit in Harvard. Dies war die erste persönliche Begegnung nach vielen Jahren. Sie hatten jetzt mehrfach ausführlich telefoniert, auch intensiv brieflich und per E-Mail korrespondiert, aber zu einem persönlichen Gedankenaustausch war es bis dahin noch nicht gekommen.

„Peterson ist dicker geworden", stellte der OB zufrieden fest und war froh, dass sich bei ihm noch keine Bauchkugel nach vorne wölbte. Die Kleidung des Unternehmers, auch das konnte der OB mit einem Blick feststellen, war von erster Güte. Peterson hatte einen grauen Anzug an und trug einen gelben Schlips, so wie er gerade in Mode war. Wie sein Bauch hatte auch der Hals an Volumen gewonnen und der Kragen des Oberhemdes schien ihm die Luft abzudrücken. Das Atmen fiel ihm offensichtlich schwer und er war froh, als ihm Frisch endlich den Ehrenplatz in der Besucherecke zuwies.

Petersons Gesicht war sonnengebräunt. Er trug eine sportliche Brille, deren Gläser leicht getönt waren. Bevor er sich setzte, wies er mit der Hand auf den Herrn in seiner Begleitung. Eine elegante Erscheinung: dunkler Anzug, schwarze Krawatte, weißes Hemd.

„Herr Saturini." Der OB reichte dem Vorgestellten freundlich die Hand.

„Herr Saturini ist mein Geschäftspartner. Er ist vor allem im Ausland tätig und wird die Abteilung leiten, die bald an eurem Flughafen Quartier nehmen wird. Du wirst in Zukunft viel mit ihm zu tun bekommen. Deshalb habe ich ihn gleich mitgebracht, dass ihr euch auf diesem Weg persönlich kennenlernt. Ich selbst werde die nächste Zeit noch in Karlsruhe bleiben."

Nach dieser Vorstellung machte es sich der Unternehmer auf dem Besuchersessel bequem und auch Saturini sowie der Bürgermeister nahmen Platz.

Peterson bedankte sich ausschweifend für den bereitgestellten Kredit. Danach berichtete er von seiner Reise in die Emirate, von der er gestern zurückgekehrt sei. Er habe mit dem Emir Maktum bin Rashid lange persönlich gesprochen und der habe zugesagt, dass der Bau von *Palmira II*, der künstlichen Insel an der Küste von Dubai, auf der eine Weltstadt so groß wie Manhattan entstehen sollte, schon in diesem Jahr begonnen werde.

„Spätestens bis Winter müssen unsere Maschinen vor Ort sein. Das bedeutet für uns eine Ausweitung der Produktion um ein Vielfaches. Im Augenblick verfügen wir erst über einen Bruchteil dessen, was die dort unten brauchen. Die Vorbereitungen für den Transport habe ich bereits vor dem Flug getroffen. Bis jetzt transportieren wir die Anlagen über Land nach Speyer und verschiffen sie von dort. Von Speyer aus geht's dann über den Rhein nach Rotterdam. Dort werden sie auf Hochseeschiffe verladen, durchs Mittelmeer und den Suezkanal, vorbei am Horn von Afrika, in die Emirate transportiert – ich sagte bis jetzt. So wie ihr uns hier entgegenkommt, wird sich an dieser Route aber bald was ändern."

Das Gespräch wurde unterbrochen. Frau Satorius brachte Getränke und Gebäck. Routiniert stellte sie die Tassen, Gläser und Schalen auf den Besuchertisch, ohne dabei unnötigen Lärm zu verursachen, und entfernte sich rasch und elegant aus der Runde.

Der Oberbürgermeister lächelte zuversichtlich und blickte seinen ehemaligen Kommilitonen hoffnungsvoll an. Er versuchte, dabei nicht überlegen zu wirken, obwohl er sich seinem Gegenüber haushoch überlegen fühlte.

‚Wie hat dieser Mensch es nur geschafft, bei seiner schwach ausgebildeten Intelligenz so weit zu kommen?', überlegte das Stadtoberhaupt.

Peterson machte eine bedeutungsvolle Pause, um die Spannung zu erhöhen und begann: „Ja, Mannheim ist die richtige Alternative zu Speyer, Mannheim hat den besseren Hafen und auch die bessere Straßenanbindung. Schon ab dem nächsten Monat werden wir beginnen, die Maschinen von hier aus nach Rotterdam zu verschiffen. Und der Flughafenausbau passt ebenfalls ausgezeichnet zu unserer strategischen Planung. Deine Idee, Theodor, den Flughafen auszubauen, ist goldrichtig und kommt gerade zur rechten Zeit. Nicht wahr, Herr Saturini, Sie sehen das doch auch so?"

Der Angesprochene nickte heftig und sah den Oberbürgermeister interessiert an.

„Wann wird die erste Bauphase in den Emiraten beginnen?", wollte der OB von Peterson wissen.

Der Unternehmer war ganz in seinem Element. „Ich rechne schon in diesem Jahr, schon bald. Die Fundamente sind bereits errichtet. Darauf werden die größten Hochhäuser der Welt stehen. Kannst du dir das vorstellen?"

Der Oberbürgermeister schüttelte den Kopf. Solche Visionen sprengten selbst sein Vorstellungsvermögen.

„Wir stehen dort jetzt erst am Anfang einer gigantischen Planung", fuhr Peterson fort.

„Noch viel größere Projekte sind dort geplant, das Projekt *World* zum Beispiel, mit dem, wie mir der Emir versicherte, schon in zwei Jahren begonnen werden soll. Diese Stadt wird noch viel fantastischer als *Palmira II*. Es kommen da gewaltige Projekte auf uns zu, und wenn wir die verschlafen, dann werden sich die Amerikaner und Chinesen bei uns bedanken. Mein verehrter Freund, du bist einer der wenigen Politiker, die den Weitblick haben, zu erkennen, dass dort die Zukunft unserer Wirtschaft ist."

Peterson schwärmte noch eine Weile von den Emiraten, von den mondänen Hotels, in denen er abgestiegen sei, von den goldenen Wasserhähnen, von den Marmorhallen und den Möbeln aus seltenen Edelhölzern – Märchen aus Tausendundeiner Nacht. Der Oberbürgermeister träumte mit ihm. Mannheim würde zur Drehscheibe dieser Welt werden. Der Flughafen würde sich weiter vergrößern. Von Mannheim aus würden Frachtflugzeuge täglich die Emirate anfliegen und bald würde auch die Zentrale der Peterson AG ihren Sitz in Mannheim haben. Peterson konnte ihm diese Bitte nicht abschlagen. In Zukunftsplänen schwelgend verabschiedeten sich die Herren voneinander. Frisch hatte die beiden Besucher noch bis ins Vorzimmer begleitet und Peterson die Hand gedrückt. Dabei hatte er ihm so offen, wie es ihm möglich war, in die Augen geblickt. Peterson hatte freundlich genickt und war gegangen. Auch Saturini hatte gelächelt, als er sich vom Oberbürgermeister verabschiedete.

15

Mittlerweile hatte Jürgen Bauer auch die letzte Umzugskiste ausgepackt. Sogar die Einbauküche war funktionsfähig. Sie hatte ihn eine schöne Stange Geld gekostet. Aber er kochte gern und lud gern Freunde ein. Freunde? Bis jetzt hatte er in Mannheim immer noch keinen Anschluss gefunden. Mit Anette stand er jetzt enger in Kontakt. Auch zu Hannes war das Verhältnis jetzt besser als am Anfang. Aber Freundschaft?

Faust fiel ihm ein, mit ihm konnte er sich über Literatur unterhalten. Faust hatte ein Literaturstudium abgeschlossen und dann in der Automobilbranche gearbeitet. Mit dem verdienten Geld hatte er dann *Fausts Weinbar* eröffnet.

Zu den alten Freunden aus der Schul- und ersten Dienstzeit hatte er zwar noch Kontakt, aber viel Gemeinsames gab es da nicht mehr.

Wenn es der Dienstplan zuließ, fuhr Bauer nach Norddeutschland zu seinen Eltern. Sie lebten nach der Pensionierung des Vaters, der Richter am Landgericht in Lüneburg gewesen war, in Bad Bevensen. Dort besuchte sie Bauer alle paar Wochen übers Wochenende. Dann blieb er bis montags. Sein Vater brachte ihn mit dem Auto zum Bahnhof Lüneburg. Der Zug fuhr gegen 9 Uhr los und war gegen 14 Uhr in Mannheim. Bauer ging dann meistens direkt vom Bahnhof ins Präsidium.

An solchen Wochenenden stellte er fest, wie weit er sich doch von der Welt seiner Kindheit und Jugend entfremdet hatte. Abends fuhr er manchmal von Bad Bevensen aus nach Lüneburg. Dort wohnten noch ein paar Schulfreunde von ihm. Gemeinsam zogen sie dann durch die Kneipen, aber bei den Gesprächen ergaben sich selten Themen, die ihn fesselten. Es waren die üblichen Rituale, die Freundschaften beschworen, die längst keine Substanz mehr hatten. Er war keine zwanzig mehr, seine Haare bekamen schon graue Strähnen. Die Zeit war rasch vergangen. Er hatte seinen Hafen noch nicht gefunden.

Bauer kam von einer solchen Wochenendtour, als er abends in *Fausts Weinbar* eintraf. Der Wirt begrüßte ihn freundlich, mittlerweile wie einen guten Bekannten, und empfahl ihm einen Rioja, den er neu im Programm hatte. Bauer setzte sich an seinen Stammplatz, einem kleinen Tisch mit zwei Stühlen. Der Tisch sah aus wie der Waschtisch in van Goghs Gemälde *Gelbes Haus*. Im Lokal waren mehr Gäste als gewöhnlich. Bauer hatte ganz vergessen, dass an diesem Abend eine Veranstaltung stattfinden sollte.

Ein Poet rezitierte Gedichte, eigene und die einer jüdischen Dichterin aus den zwanziger Jahren, Mascha Kaléko. Bis dahin hatte Bauer noch nichts von dieser Dichterin gehört. Aber er fand ihre Verse spannend und fesselnd. Sprachliche Bilder von seltener Schönheit und Anziehungskraft.

Als Bauer von Faust in der Pause angesprochen wurde, kam er sich vor, als sei er gerade aus einem Traum erwacht, der ihn weit weggeführt hatte. Der Wirt brachte ihm ein weiteres Glas Rioja und Bauer kehrte gedanklich wieder zu seinem ersten Mannheimer Fall zurück, der in Norddeutschland und während des Wohnungseinrichtens ganz in den Hintergrund getreten war. Die Gäste um ihn herum schwatzten und rauchten. Die Luft im Lokal wurde langsam stickig, was ihm unangenehm war. Die Kroatin fiel ihm ein, nach der er immer noch suchte.

Anette Schreiber war bei ihren Nachforschungen auf eine Spur gestoßen. Das Foto der Frau war mittlerweile im *Mannheimer Tagblatt* erschienen. Ein Bäcker aus der Oststadt hatte sich gemeldet und berichtet, er kenne eine Frau, die der Gesuchten zumindest ähnlich sehe. Ab Januar hätte sie regelmäßig bei ihm eingekauft, aber seit Wochen sei sie nicht mehr gekommen. Dies sei an sich nichts Ungewöhnliches, denn sie wohne in einem der Hochhäuser aus den 70er-Jahren. Etwa 500 Menschen lebten in jenem Block. Oft würden die Wohnungen nur für kurze Zeit vermietet. Es gäbe dort sehr viele kleine Appartements, bestens geeignet für Menschen, die in Zeitverträgen arbeiteten. Verträge von sechs Monaten Dauer, höchstens mal ein Jahr. So was sei doch heutzutage die Regel.

Als sich Anette Schreiber in dem erwähnten Hochhaus auf die Suche nach der vermissten jungen Frau machte, suchte sie gewissermaßen nach der berühmten Stecknadel im Heuhaufen. Bei ihren Nachforschungen hatte sie jedoch Glück, denn der Hausmeister erinnerte sich sehr gut an die bewusste Frau, deren Attraktivität ihm aufgefallen war. Sie habe in der Wohnung 357 gewohnt. Das wusste er noch ganz genau. Meistens sei sie allein gewesen, ab und zu hatte er einen etwas älteren Herrn in ihrer Begleitung gesehen. Kein Liebhaber, das wäre ihm aufgefallen, ein Verwandter vielleicht oder ein Arbeitskollege. Mehr könne er nicht sagen. Eines Tages sei sie dann ganz plötzlich verschwunden. Fremde Männer hätten ihre Möbel abgeholt. Er habe sie nicht mehr gesehen. „Schade, eigentlich“, beendete er seinen Bericht. „Dabei habe ich von Anfang an gemerkt, dass ich ihr sympathisch war.“

Anette rief die Hausverwaltung an. Ihr Gesprächspartner wand sich, als sie sagte, sie wolle sofort vorbeikommen. Aber Ausflüchte nutzten ihm nichts. Die Kommissarin bestand darauf.

Die Hausverwaltung hatte in einem modernen Geschäftshaus im Stadtzentrum von Mannheim ihren Sitz. Der Herr, der sie empfing, wollte sie abermals abwimmeln.

„Wissen Sie, unsere Mieter schätzen die Anonymität“, erklärte er. Anette wurde ungehalten. Sie drohte ihm mit der Steuerfahndung. Das wirkte.

Auf diese Drohung hin rückte der unkooperative Hausverwalter die Unterlagen heraus. Anette konnte herausfinden, dass zurzeit zwei kroatische Ingenieure in der Wohnung der jungen Kroatin wohnten. Die Akten des Hausverwalters waren ordentlich geführt. Daran war offenbar nichts auszusetzen. Es waren sogar Kopien der Reisepässe der beiden aktuellen Bewohner eingefügt. Um so erstaunlicher war es, dass es keine Unterlagen der Vormieterin gab. Anette machte sich ein paar Notizen, bedankte sich kalt lächelnd und verließ das Büro.

Es war ein Freitagabend und die Polizistin wusste, dass ihr Kollege zu seinen Eltern nach Norddeutschland gefahren war. Allein in diese Wohnung zu gehen, schien ihr doch zu riskant.

‚Bei diesen Leuten vom Balkan weiß man ja nie', dachte sie und war sich im selben Moment bewusst, wie rassistisch dieses Vorurteil doch war. Trotzdem wollte sie nicht allein in jene Wohnung gehen. Sie rief Scheck an, der auf der Wache am Rheinpark Dienst hatte. Dieser erklärte sich rasch bereit, sie bei ihrem Einsatz zu begleiten. Außerdem gab sie Hannes von der Spurensicherung Bescheid. Er hatte Bereitschaft und traf mit seinem Assistenten kurz nach ihnen bei der Wohnung ein.

Sie hatten Glück, denn die beiden Ingenieure waren zu Hause und spielten Schach. Als die Beamten ihre Dienstausweise vorzeigten, wurden sie freundlich gebeten, einzutreten. Sie nahmen auf dem Sofa Platz. Anette schaute sich neugierig um, während Hannes im Bad zu hantieren begann. Die beiden Kroaten hatten nach einer kurzen Erklärung das Betreten der Wohnung und die Untersuchung der Räume durch die Polizei zugelassen.

Anette schaute auf das Schachbrett. Schwarz würde die Partie gewinnen. Das stand eindeutig fest. Die Wohnung war ordentlich aufgeräumt. Im Regal lehnten ein paar Bücher,

Fachbücher über Elektronik in englischer Sprache und ein Band mit kroatischen Gedichten. Den Autor Tin Ujeviç kannte Anette nicht.

Die beiden Ingenieure arbeiteten, wie sich herausstellte, für eine Fremdfirma in einem Mannheimer Großbetrieb, der im vergangenen Jahr ziemlich viele Stammarbeiter aufgrund von Auftragsmangel entlassen hatte. Diese Stammarbeiter wurden nun durch Fremdkräfte ersetzt.

Die Verträge der beiden Kroaten waren auf ein halbes Jahr befristet und endeten im Oktober. Bevor die beiden diese Wohnung bezogen hatten, hatten sie in einem provisorischen Quartier in der Nähe des Werks gelebt. Das Angebot, in diese schöne Wohnung zu ziehen, sei überraschend gekommen. Der Chef der Fremdfirma hatte ihnen die Wohnung besorgt und für 200 Euro monatlich sei dieses Luxusappartement geradezu ein Schnäppchen. Nein, ihre Vormieterin hätten sie nicht gekannt. Aber sie hätten schon vermutet, dass hier eine Frau gelebt hatte, denn vor einigen Wochen habe sich schon Mal eine Dame nach ihr erkundigt. „Diese Frau hat, obwohl sie unverkennbar deutsch war, ein wunderbares Kroatisch gesprochen", fügte der zweite Schachspieler noch ergänzend hinzu. „Das ist sehr selten, dass man hierzulande unsere Sprache lernt."

Anette erzählte den beiden Männern, dass sie auf der Suche nach dieser Frau seien. Sie sei vermutlich verschwunden.

„Vielleicht klärt sich alles als ganz harmlos auf und sie wohnt in irgendeiner anderen Stadt oder ist in ihre Heimat zurückgekehrt. Aber sie könnte – rein theoretisch – auch Opfer eines Verbrechens geworden sein."

Der angesprochene Ingenieur zuckte mit den Schultern. „Lassen Sie Ihre Leute hier nur ruhig arbeiten. Wir haben heute sowieso Nachtdienst und sind bald weg. Sie können sich also Zeit lassen. Hier sind die Schlüssel." Bereitwillig händigte er Anette einen Satz Schlüssel aus, den er in einer Schublade aufbewahrt hatte. Sie verabschiedete sich von den beiden Ingenieuren, die noch etwas Zeit hatten, bevor sie zur Schicht mussten.

Am nächsten Morgen besuchte sie nochmals den unfreundlichen Hausverwalter. Diesmal forderte sie ihn auf, ihr alle Unterlagen zu der betreffenden Wohnung auszuhändigen. Obwohl es Samstag war, hatte sie sich entschlossen, zu arbeiten. Jetzt, so ihr Gefühl, hatte sie endlich eine heiße Spur in dem Fall. Die Wohnung könnte sie möglicherweise weiterbringen. Und sie hatte recht, denn sie fand die Daten einer Frau, die vom Alter und Vornamen her die gesuchte Person sein könnte. Nada Miliç war ihr Name. Auch die Verdienstbescheinigung des Arbeitgebers lag bei – eine Firma mit Sitz in Speyer: Logistic International GmbH. Sie setzte sich sofort in den Dienstwagen und fuhr das kurze Stück auf der Autobahn in die Domstadt.

Ihr Navigationssystem führte sie zu einem Industriegelände. Nach einigem Suchen fand sie tatsächlich auch das Firmengebäude der Logistic International GmbH – ein dreistöckiger Flachbau aus grauem Beton. Viele Fenster, durch die Leere glotzte. In einem der Fenster stand ein Schild mit der Telefonnummer eines Maklers, der das Gebäude offensichtlich vermieten wollte. Sie rief den Makler mit ihrem Handy an und sagte dem freundlichen Herren, dass sie an seinem Mietobjekt auf ihn warten würde.

Während sie wartete, ging sie um das Haus herum. Verschiedene Indizien deuteten darauf hin, dass hier vor kurzer Zeit noch gearbeitet worden war. Überall standen noch Kisten herum. Es gab auch ein paar Gabelstapler auf dem Gelände. An der Rückseite des Gebäudes befand sich eine Verladerampe.

Als Anette gerade wieder zu ihrem Wagen zurückgekehrt war, kam auch schon der Makler: ein junger Mann, smart, gut angezogen, mit offenem Jackett und Sonnenbrille. Er schüttelte Anette Schreiber kräftig die Hand. Sie versuchte, keinen Schmerz zu zeigen und kam gleich zur Sache.

Zuerst schien der Makler etwas enttäuscht. Er hatte sie scheinbar am Telefon nicht richtig verstanden und sie für eine potenzielle Mieterin gehalten. Aber dann gab er bereitwillig Auskunft: Die Logistic International habe das Gebäude Hals über Kopf verlassen. Der Komplex gehöre einer Speyerer Familie namens Wagner, mit der er als Makler schon seit Langem zusammenarbeite. Soweit er wisse, habe es keine Probleme wegen rückständiger Mieten gegeben. Alles sei bestens geregelt und auch Herr Wagner sei, trotz des raschen Auszuges, mit der Abwicklung sehr zufrieden gewesen. Mehr wisse er nicht. Er habe mit dem Geschäftsführer persönlich gesprochen, als dieser vor einem halben Jahr das Gebäude angemietet hatte. Er habe ihm auch die Schlüssel übergeben. Wie er denn hieße, wollte Anette wissen. Da müsse er erst nachschauen, genau könne er sich an den Namen nicht mehr erinnern. Ein freundlicher Herr sei es gewesen. Er würde ihr aber den Namen zukommen lassen, sobald er wieder in seinem Büro sei.

Anette wollte wissen, was die International Logistic eigentlich mache.

„Soweit ich weiß, ist das ein Spezialunternehmen für komplizierte Transporte in alle Welt“, erzählte der Makler. „Als ich vor vier Wochen das letzte Mal hier gewesen bin, wurden gerade Baumaschinen verladen. Etwa 50 Menschen haben hier gearbeitet.“

Nein, die Maschinen habe er dort nicht gesehen, aber eine ganze Menge Container, die für den Abtransport bereitstanden. Er habe sich gewundert, als die Firma so plötzlich, von heute auf morgen, den Vertrag gekündigt hat.

„Ich dachte zuerst, es sei wegen wirtschaftlicher Probleme, aber offensichtlich ist es nicht darum gegangen. Herr Wagner, der Besitzer, hat erzählt, dass Herr Günther, der Geschäftsführer von Logistics – eben ist mir der Name wieder eingefallen – zu ihm gekommen sei und die ganze Miete bis zum Ablauf der Vertragszeit auf einmal bezahlt hätte. Eine hübsche Stange Geld. Zwei Tage später war das Gebäude komplett ausgeräumt, bis auf die Reste, die Sie hier noch sehen.“

Anette bedankte sich für die Auskunft und der Makler versprach, ihr die Unterlagen rasch herauszusuchen. Aber rasch genügte ihr jetzt schon nicht mehr. Sie fuhr hinter dem Makler her bis zu dessen Büro und parkte auf dem Kundenparkplatz im Hof. Das Barockhaus in der Speyerer Innenstadt war geschmackvoll eingerichtet. Anette nahm auf dem Besucherstuhl Platz.

Es dauerte nur kurze Zeit, bis der Makler den Ordner gefunden hatte. Er blätterte darin und legte das Blatt mit den Anmeldedaten vor Anette auf den sauber aufgeräumten Schreibtisch. Er lächelte.

„Alles ordentlich aufgeführt. Hier der Name des Geschäftsführers, dort die Nummer im Handelsregister, als Adresse ist die Speyerer Adresse der Firma eingetragen. Die gibt es wohl nicht mehr."

Anette entschloss sich, den schönen Samstagnachmittag zu nutzen und spazierte die Maximilianstraße entlang. Der romanische Dom dominierte die Szenerie. Seine gewaltige Fassade imponierte durch die Rundbogen der Eingangshalle. Doch befand sich die Fassade leider nicht mehr im Originalzustand. Im 19. Jahrhundert war sie verändert worden. Sie entsprach nicht dem Geist des Bauwerks, den man in dessen Innern spürte – im Tonnengewölbe des Mittelschiffs und im Chorraum, der an byzantinische Bauten erinnerte.

Die Frühlingssonne erwärmte die Stadt. Anette kaufte ein Eis, schlenderte zum Wagen und fuhr zu ihrer Dienststelle zurück.

An diesem Nachmittag hatten wenige Kollegen im Polizeipräsidium Dienst. Anette war die Einzige auf ihrem Flur, die an jenem Samstag im Präsidium arbeitete. Sie machte sich gleich daran, die Unterlagen aus Speyer durchzusehen.

„Hingen die Firmenauflösung und der Mord etwa zusammen?", fragte sie sich. „Die zeitliche Nähe dieser beiden Ereignisse könnte darauf hindeuten."

Anette schrieb die Namen der Personen, auf die sie gestoßen war, auf ein Blatt Papier und umkreiste sie mit unterschiedlichen Farben. Um den Rehbergers und den von Nada zog sie einen roten Kreis. „Sie kannten sich offenbar, daran besteht kein Zweifel. Aber welche Beziehungen bestanden außerdem noch zwischen dem Stadtrat und der Speyerer Firma? Diese Frage ist noch offen. Ebenso die Frage, warum Nada nicht aufzufinden ist. Seit sie aus ihrer Wohnung ausgezogen ist, scheint es, als habe sie der Erdboden verschluckt. Was ist in der Zwischenzeit geschehen?", murmelte Anette vor sich hin. Die Vermutung lag nah, dass Rehberger etwas von Nada erfahren haben könnte, das sie und ihn gleichermaßen in Todesgefahr gebracht hatte.

Diese neuen Erkenntnisse bekam Bauer auf seinen Schreibtisch gelegt, als er am folgenden Dienstagmorgen gegen acht Uhr seinen Dienst antrat. An jenem sonnigen Samstagnachmittag hatte Anette noch einen ordentlichen Bericht getippt.

Bauer kam nicht umhin, seiner Kollegin ein großes Lob auszusprechen. Ihr Wissensstand hatte sich aber in der Zwischenzeit sogar noch erweitert. Sie hatte bereits etwas über die Firma Logistic International herausbekommen. Es gab da eine Verbindung zu einer Firma in Liechtenstein, die ebenfalls einen Geschäftsführer namens Günther hatte. Diesen wichtigen Mann bekam sie ans Telefon.

„Die Firma ist doch ordnungsgemäß aus dem deutschen Handelregister gelöscht", fragte Günther, erstaunt darüber, dass die Polizei bei ihm anrief. Dann fügte er freundlich aber bestimmt hinzu, dass er nicht befugt sei, Auskünfte über diese Firma zu erteilen.

Anette wusste, wie schwierig es ist, auf dem Dienstweg etwas über Liechtensteiner Unternehmen zu erfahren. Man war ganz auf den Goodwill des Gesprächspartners angewiesen und der gute Wille schien im aktuellen Fall bei jener Auskunft, die Günther bereits gegeben hatte, erschöpft. Er gab keine weitere Informationen über die aufgelöste Firma, die er geleitet hatte, preis.

16

Auch Bauer biss bei seinen Gesprächspartnern auf Granit. Er versuchte, sich über die Hintergründe von kommunalpolitischen Entscheidungen schlauzumachen. Auch er war auf seiner Reise in den Norden nicht untätig gewesen und hatte sich Fritz Breiners Werk *Grundlagen der kommunalpolitischen Entscheidung* zu Gemüte geführt. Auf der Rückfahrt von Lüneburg nach Mannheim hatte er sich sehr intensiv in die Kapitel *Kommunalpolitische Wirtschaft* eingelesen. Die waren ihm schlüssiger und klarer erschienen als die zum *kommunalen Haushalts- und Wirtschaftsplan*, die er auf der Hinfahrt gelesen hatte.

‚Dazu braucht es nun wirklich ein Wirtschaftsstudium, um da durchzusteigen.' Nach dieser Feststellung hatte er das Buch wieder in die Tasche gepackt und begonnen, die Landschaft zu betrachten, durch die er in dem rasenden Zug fuhr. Bei Hildesheim hatte der ICE die Mittelgebirgslandschaft hinter sich gelassen und war über die norddeutsche Tiefebene gerollt. Die Landschaft war ihm vertraut vorgekommen. Hier fühlte er sich zu Hause. In Hannover hatte er umsteigen müssen.

Es hatte ihn eine ziemliche Überwindung gekostet, auf der Rückfahrt nach Mannheim nicht zu seinem Krimi zu greifen, sondern eben diesen dicken Schmöker über die Kommunalpolitik wieder hervorzuholen. Das, was da über die kommunalen Wirtschaftsbetriebe zu lesen war, hatte ihn dann aber doch gefesselt und er hatte gar nicht gemerkt, wie schnell die Zeit verging. Die kommunale Wirtschaft, hieß es da, sei eine örtlich bezogene Wirtschaft. Es sei für kommunale Betriebe rechtlich nicht möglich, ihre Geschäftsfelder über die Stadtgrenzen hinaus auszudehnen. Und auch im kommunalen Bereich sei es nur dann erlaubt, Aufträge an städtische Gesellschaften zu vergeben, wenn es keine geeigneten privaten Betriebe gäbe. Es herrsche hier ein strenges Subsidiaritätsprinzip.

Bauer wunderte sich. Hatte er nicht vor Tagen in der Zeitung gelesen, dass die Rheinbank kürzlich beschlossen hätte, ihre Geschäftsfelder weit über die Stadtgrenze hinaus auszudehnen und tat sie damit nicht genau das Gegenteil dessen, was der Gesetzgeber von ihr verlangte? Die Rheinbank war doch eine dieser städtischen Gesellschaften. Bauer beschloss, der Frage nachzugehen, auf welcher rechtlichen Grundlage die Rheinbank operierte. Das würde er Delius am Nachmittag fragen. Dann würde er wieder im Rathaus sein.

Nachdem Bauer sein neues Wissen mit Anette ausgetauscht hatte, machte er sich gleich auf den Weg zum Rathaus.

In der Fußgängerzone herrschte Hochbetrieb. Auf den Kaffeehausterrassen fand man bei diesem schönen Wetter keinen Platz mehr. Bauer ging über den Marktplatz, auf dem ein reges Treiben herrschte. Dreimal in der Woche war Markttag. Die einheimischen und exotischen Obst- und Gemüsesorten gaben der Stadt ein südländisches Flair.

Bauer ging durch die gläserne Drehtür des Rathauses. Der Pförtner nickte und wies ihm mit einer Drehung des Kopfes den Weg zum Büro der Grünen, den Bauer ja von seinem ersten Besuch bereits kannte. Wieder wurde ihm von dem freundlichen Fraktionsassistenten Kaffee angeboten.

„Es haben sich bei mir noch ein paar Fragen ergeben, die ich Ihnen gerne stellen würde“, begann der Polizist das Gespräch. Delius nickte freundlich und stellte seine Kaffeetasse auf den Tisch zurück.

„Dann fragen Sie, wenn ich kann, werde ich Ihnen Ihre Fragen gerne beantworten. Mir ist ja auch sehr daran gelegen, herauszufinden, wer Rehberger umgebracht hat. Nicht nur, weil ich Verbindungen zur Stadtpolitik ausschließen möchte, sondern weil Rehberger wirklich ein Freund war.

Er hat sich vor allem die Mühe gemacht, nicht nur das Papier zu sehen, sondern die Beschlussvorlage mit der Wirklichkeit zu vergleichen. Ich war einige Zeit mit ihm im Wirtschafts- und Grundstücksausschuss. Da geht es um Bauaufträge oder um Verkäufe. Wenn es wirklich um wichtige Projekte ging, hat er sich die Grundstücke oder Objekte genau angesehen. Er ist mit seinem Fahrrad Tag für Tag unterwegs gewesen und kannte hier jeden Bauplatz. In Wirtschaftsdingen kannte er sich sehr gut aus. Zu Kloses Zeiten war er auch im Aufsichtsrat der Rheinbank.“

„Er war Mitglied des Aufsichtsrates der Rheinbank?“ Für Bauer war diese Information neu.

„Ja, sogar einige Jahre lang. Bis mit der neuen Fraktionsvorsitzenden und dem neuen OB ein neuer Wind in die kommunale Wirtschaft eingezogen ist.“

Bauer war sehr erfreut, so schnell zu dem Punkt gelangt zu sein, auf den er sich während der langen Zugreise vorbereitet hatte: „Sie meinen damit die Ausweitung des Geschäftsfeldes der Bank über das eigentliche Stadtgebiet hinaus?“

Der Fraktionsvorsitzende nickte anerkennend. „Sie lesen sehr gründlich Zeitung und kennen sich offenbar auch im Kommunalrecht aus."

Nicht ohne Stolz, aber dennoch mit der gebotenen Bescheidenheit berichtete Bauer von seiner Lektüre im Zug zwischen Lüneburg und Mannheim.

„Ja, das war lange in Vorbereitung, schon Monate vor der OB-Wahl. Klose hat sich gegen diese Ausweitung der Aktivitäten der Bank immer gewehrt und auch wir waren dagegen. Wir waren lange der Meinung, dass wir uns auf das Kommunalrecht gestützt gegen diese riskante Ausweitung wehren könnten. Wir waren aber leider auf dem Holzweg. Diese Ausweitung, die der neue OB so forciert hat, ist durchaus rechtmäßig, denn für die kommunalen Kreditinstitute gelten mittlerweile so viele Ausnahmen, dass das Örtlichkeitsprinzip als Argument gar nicht mehr greifen kann. Möchten Sie noch einen Kaffee?", fragte der Fraktionsvorsitzende freundlich. Bauer lehnte ab und verabschiedete sich.

17

Bauer hatte das Gefühl, dass das Bild, welches er von Rehberger hatte, durch dieses kurze Gespräch klarer geworden war. Rehbergers Hauptfortbewegungsmittel war wohl das Fahrrad gewesen. Er hatte es bei seinen Erkundungstouren zu den Baustellen benutzt. Vermutlich war er auch auf einer solchen Erkundungstour gewesen, als er ermordet worden war. Der Mörder musste gewusst haben, dass sein Opfer mit dem Fahrrad kam. Und der Killer hatte ihn wohl verfolgt. ‚Es ist nicht anzunehmen, dass er ihm aufgelauert hat, oder doch? Gibt es Wege, die ein Radfahrer, der von Speyer in die Mannheimer Innenstadt will, zwangsläufig fährt, oder gibt es zu diesen Hauptrouten auch gleichwertige Alternativen?'

Bauer erinnerte sich an eine Lehrveranstaltung im Rahmen seiner Ausbildung, bei der es darum gegangen war, experimentell einen Tathergang zu rekonstruieren. Das Seminar war sehr hilfreich gewesen, hilfreicher, als er am Anfang gedacht hatte. Er sah tatsächlich den Tathergang anders, nachdem er sich in die letzten Stunden des Opfers so gründlich wie möglich hineinversetzt hatte und konnte bessere Rückschlüsse aus den Spuren am Tatort ziehen.

Vom Präsidium aus telefonierte Bauer mit Scheck und fragte ihn, ob er ihm sein Fahrrad ausleihen könne. Eine halbe Stunde später saß er schon auf Schecks Prachtstück, mit dem der Polizeibeamte jeden Morgen zur Arbeit fuhr. Das Fahrrad glich dem schweren Hollandrad aus seiner Jugendzeit, ließ sich aber sehr leicht bewegen und war für die flache Landschaft rund um Mannheim geradezu ideal.

Zunächst fuhr Bauer damit zum Fundort der Leiche. An diesem sonnigen Tag fiel es ihm besonders schwer, sich in die Atmosphäre eines regennassen Samstags zu versetzen, an dem diese Wege vermutlich sehr einsam gewesen waren. Jetzt war das Rheinufer bevölkert mit Sonnenhungrigen, die das schöne Wetter genossen. Kein Mörder hätte hier die Chance, unerkannt in der Menge zu entfliehen.

Scheck hatte ihm eine Karte mitgegeben. Nach Speyer waren es ca. 15 Kilometer. Der Weg führte auf dem Damm direkt am Fluss entlang bis zu einer Fähre, die mit einer dicken Linie über den Fluss eingezeichnet war.

‚Rehberger hat diese Fähre benutzt. Hier haben ihn Zeugen gesehen', erinnerte er sich. Bauer genoss die Fahrt über den Fluss. Er kam sich vor wie im Urlaub. Drüben, am anderen Ufer kam Bauer ganz aus der Puste, als er das Rad die Uferböschung hinaufschob. Er musste etwas tun, um seine Kondition zu verbessern, nahm er sich vor.

Oben angekommen entdeckte er das Fährgasthaus. Die Plätze auf der Terrasse waren fast alle besetzt, obwohl es mitten in der Woche war. Ob Rehberger hier wohl eingekehrt war?

Bauer notierte den Namen des Wirtshauses in sein Notizbuch und fuhr weiter.

Der Weg führte ihn an einigen Dörfern vorbei hin zu einem Badesee, in dem sich bereits Badende tummelten. Auch die Blockhütte, die als Restaurant diente, konnte sich über Kundschaft nicht beklagen.

‚Auch hier könnte Rehberger vor dem Regen Schutz gesucht haben. Aber hatte dieses Lokal bei dem Regen überhaupt offen?', überlegte Bauer. Er parkte sein Rad an der dafür vorgesehenen Stelle. Ein freakig aussehender Wirt – lange Haare, Bart, so wie ihn auch die Atomkraftgegner in Gorleben getragen hatten – brachte ihm ein Bier und stellte es freundlich vor ihn auf den Tisch.

Der Polizist erkundigte sich vorsichtig, ob denn das Lokal das ganze Jahr über geöffnet sei oder nur zur Badezeit im Sommer.

„Wir haben das ganze Jahr offen", sagte der Wirt. „Wir

sind ein Familienbetrieb und auf das Geld angewiesen. Wenn die Badegäste nicht kommen, kommen die Angler. Und außerdem gibt es hier viele Spaziergänger."

Bauer bedankte sich. Zumindest diese Frage hatte er jetzt geklärt. Dann stieg er aufs Rad und fuhr weiter. Er fuhr an Schrebergärten und an einem kleinen Jachthafen vorbei. Dann ging es durch Felder und nach ein paar Kilometern musste er auf die Landstraße ausweichen. Nach etwa einer Stunde erreichte er Speyer. Er fuhr am Zentrum vorbei, warf einen bewundernden Blick auf den riesigen Dom, den er sich nicht so groß vorgestellt hatte, und erreichte nach weiteren 20 Minuten das Gebäude, das von Anette Schreiber in ihrem Bericht so ausführlich beschrieben worden war. Es war immer noch nicht vermietet.

Auf dem Rückweg pausierte Bauer wieder an der Blockhütte am See. Der Wirt erkannte ihn gleich.

„Na, wieder da? Gefällt es Ihnen so gut bei uns?"

Bauer bestellte wieder ein Bier. Als der Wirt es ihm brachte, fragte er ihn, ob er Gustav Rehberger kannte. Verblüfft über diese Frage, hakte er nach: „Wer will das wissen?"

„Ich bin Polizist und versuche herauszubekommen, was Rehberger in den letzten paar Stunden seines Lebens gemacht hat."

„Experimentelle Polizeiarbeit", sagte der Gastwirt lächelnd. „Genau wie heute die experimentelle Archäologie so in Mode gekommen ist. Vor 20 Jahren haben wir Ethnologen damit angefangen. Da haben uns die Historiker noch alle verlacht. Heute gibt es keine historische Ausstellung mehr, ohne dass dabei auf die Methoden der experimentellen Archäologie zurückgegriffen wird. Haben Sie die Wikingerausstellung in Speyer gesehen?"

„Nein, ich hatte bis jetzt noch keine Zeit."

Bauer war dem Wirt nicht unsympathisch. Dieser setzte sich zu seinem Gast und gab bereitwillig Auskunft: „Ja, ich kannte Rehberger. Ich bin in Mannheim aufgewachsen und habe sogar ganz in der Nähe von ihm gewohnt. Meine Eltern wohnen heute immer noch dort. Der Frau Rehberger geht es jetzt ziemlich schlecht und auch ich bin noch ganz betroffen von der Nachricht über Rehbergers Ermordung, die ich in der Zeitung gelesen habe. Wer kann das gewesen sein? Rehberger hat sich eingesetzt, vor allem für die kleinen Leute. Ich habe ihn damals im Kampf gegen das Großbordell unterstützt. Er hat Unterschriften gesammelt."

Jürgen Bauer wollte wissen: „Aus welchen Gründen war Rehberger gegen das Bordell, war er denn so moralisch?"

Der Wirt schüttelte den Kopf. „Rehberger war nicht aus moralischen Gründen dagegen, wie viele dieser Spießer. Er wollte einfach, dass die Struktur dieses Viertels, in dem es ja auch Bars und Rotlichtkneipen gibt, so erhalten bleibt, wie sie ist. Ein Großbordell – die Besitzer sind doch alle Verbrecher. Die holen die Mädchen aus Asien oder aus Osteuropa, nehmen ihnen die Pässe ab und lassen sie für ein paar Euro anschaffen. Der Rehberger hat sich diese Mafia zum Feind gemacht. Wer denn sonst soll ihn umgebracht haben?"

Bauer hatte da so seine Zweifel. Ein solches Großbordell gab es jetzt, wie Bauer erfahren hatte, jenseits der Landesgrenze, keine 40 km von Mannheim entfernt. Für die Bordellbetreiber bestand also kein Anlass, an Rehberger Rache zu üben.

„Kam Rehberger manchmal in Ihr Lokal?", wollte der Polizist vom Wirt noch wissen.

„Herr Rehberger kam oft zu mir", antwortete der Angesprochene. „Vor allem in letzter Zeit. Er ist ziemlich häufig den Radweg hinunter nach Speyer gefahren. Auf diesen Fahrten machte er dann immer hier Station und trank eine Rieslingschorle."

„Wann war er denn das letzte Mal bei Ihnen?"

„Das war an dem Tag, als er ermordet wurde", antwortete der Wirt überraschend prompt.

„Was? Und warum haben Sie das nicht gleich bei uns gemeldet?"

„Das habe ich natürlich. Ich habe gleich an dem Tag angerufen, als ich von dem Mord erfahren habe. Ich hatte aber das Gefühl, es würde sich niemand sonderlich für meine Information interessieren. Ich fühlte mich überhaupt nicht ernst genommen und bis heute hat auch niemand bei mir zurückgerufen und nach weiteren Einzelheiten gefragt. Sie sind der Erste, der sich die Mühe macht, mich aufzusuchen. Und Sie haben offenbar nicht gewusst, dass ich angerufen habe."

Bauer unterdrückte seine Wut. Er hatte es schon öfter erlebt, dass im Polizeipräsidium schlampig mit Informationen umgegangen wurde. Der Telefondienst machte es sich einfach zu leicht. Er würde das bei der nächsten Dienstbesprechung ansprechen und schärfere Kontrollen verlangen. In den Dienststellen, wo er bis jetzt gearbeitet hatte, hatte es die gegeben. Jede Information wurde dort sofort an die zuständigen Stellen weitergeleitet. In Mannheim klappte der Informationsfluss scheinbar überhaupt nicht. Oder hing auch das mit der Ignoranz, die man ihm entgegenbrachte, zusammen?

„Wie verhielt sich Rehberger an diesem Tag? War er irgendwie anders? Sie kannten ihn doch."

„Ja, er kam mir seltsam vor. Außerdem war es ungewöhnlich, dass Rehberger bei diesem Regen durch die Gegend fuhr. Das hat er sonst nie gemacht. Wir haben uns eine Weile unterhalten. Er war der einzige Gast an diesem Nachmittag. Wir sprachen über das Übliche halt, über den sensationellen Aufstieg von Hoffenheim, über den KSC und über dessen schlechte Chancen, in der Ersten Bundesliga zu bleiben. Dann kamen wir auf den Flugplatz von Mannheim zu sprechen. Meine Mutter hat sich bitter beklagt, dass in letzter Zeit der Flugverkehr wieder ziemlich zugenommen hat und sie nachts nicht schlafen kann, weil auch nachts wieder geflogen wird. Das ist meines Wissens verboten. Es gibt doch ein Nachtflugverbot. Ich fragte Rehberger, ob man die Flughafengesellschaft nicht anzeigen könnte.

Rehberger hat nur gelacht und gesagt: ‚Ihre Mutter braucht da keine Angst zu haben. Der Flughafen wird bald dicht sein. Dann fliegt da nur noch einer, der neue Oberbürgermeister nämlich.' Ganz bös hat er gelacht. Teils Wut, teils Zorn, wie mir schien. Ich hab's nicht genau verstanden und fragte ihn noch, wie er das meint. ‚Du wirst's schon noch erfahren', hat er gesagt. ‚Es wird bald in der Zeitung stehen. Zwei, drei Tage höchstens. Spätestens, wenn ich wieder hier bin', hat er noch gesagt.

Tja, da stand dann wirklich was in der Zeitung, aber nicht das, was er angekündigt hatte. Und die Flieger fliegen immer noch, jede Nacht."

Bauer bedankte sich. Er hatte eifrig Notizen gemacht. Wichtige Informationen, die etwas mehr Klarheit in den Fall brachten. Er fuhr nachdenklich zur Fähre und schob sein Rad auf das Schiff. Es war noch zu klären, wie es sich mit den Rückwegen verhielt. Er setzte sich im Rheinpark auf eine Bank und studierte die Karte, die ihm Scheck geliehen hatte. Es gab mehrere Wege. Das wurde deutlich. Aber wollte man wirklich auf dem schnellsten Weg ins Zentrum, gab es eigentlich nur einen, der direkt dahin führte. Und genau an diesem Weg hatte man die Leiche des Stadtrates gefunden.

18

Anette Schreiber war überrascht, wie nahtlos sich hier die Mosaiksteinchen zusammenfügten. Die Wahrscheinlichkeit, dass Rehberger auf seiner Radtour der Logistic International einen Besuch abgestattet hatte, war nicht von der Hand zu weisen. Und die Aussage des Wirtes vom Badesee konnte man doch nur in der Weise deuten, dass Rehberger sich sicher gewesen war, brisantes Material gefunden zu haben.

Sie selbst sah bei der Logistic International noch nicht klarer. Diese Spur endete im Geröll der Liechtensteiner Berge. Aber dennoch, was die beiden Kommissare bis jetzt zusammengetragen hatten, deutete wohl eher in Richtung Wirtschaftskriminalität als Rotlichtmafia. Das war schon immerhin etwas.

Mandel hörte sich den Bericht der beiden Ermittler gespannt an.

„Wenn sich Ihre Beweise erhärten“, sinnierte er, „dann wollen wir nur hoffen, dass es keine engere Verbindung zwischen der Logistic GmbH und der Peterson AG, gegen die Frau Dr. Werner bislang leider erfolglos ermittelt hat, gibt, sonst wird unser Oberbürgermeister bestimmt Schweißausbrüche bekommen. Die Peterson AG ist nämlich nach allem, was man hört, sein Lieblingskind. Ich schlage vor, Sie setzen sich einmal mit dieser Staatsanwältin in Verbindung."

„Sie ist bereits auf uns zugekommen, nachdem sie von der Ermordung Rehbergers erfahren hat. Rehberger muss wohl mehrfach wegen der Peterson AG bei ihr vorstellig geworden sein. Er hatte die Firma in Verdacht, Waffen in Spannungsgebiete zu liefern. Sie hat sich beim Wirtschaftsministerium über die Peterson AG erkundigen wollen, aber dort wurde sie blockiert und bekam sogar Schwierigkeiten."

„Das sollte in einem Rechtsstaat, der auf Gewaltenteilung aufbaut, eigentlich nicht vorkommen. Aber die Politik hat da manchmal ihre eigene Sicht der Dinge. Das habe ich schon des Öfteren bemerkt. Ich glaube, Sie auch. Aber davon dürfen wir uns nicht abschrecken lassen. Wir haben unseren Eid auf die Verfassung geschworen. Und wenn es hier wirklich um Waffenhandel geht, dann müssen wir handeln, egal welche Brocken uns da in den Weg gelegt werden. Sie haben meine volle Unterstützung. Wie sind Sie übrigens auf diese Firma gekommen?"

Anette Schreiber meldete sich zu Wort und berichtete über ihre erfolgreiche Suche nach der jungen Frau aus *Fausts Weinbar*.

„Bravo", sagte der Chef anerkennend. „Sie haben beide gute Arbeit geleistet. Jetzt haben wir einen Namen und sogar ihren Arbeitsplatz, aber wir wissen nicht, wo sie sich jetzt aufhält. Hoffentlich ist ihr nichts zugestoßen."

„Das ist, nach dem, was wir bis jetzt von ihr wissen, nicht ganz auszuschließen. Ich glaube, es wäre gut, diese Frau zur

Fahndung auszuschreiben.“ „Ja, tun Sie das so rasch wie möglich“, pflichtete der Polizeipräsident Anette Schreiber bei, „sie muss rasch gefunden werden.“

Nachdem die beiden Kommissare den Polizeipräsidenten verlassen hatten, griff der zum Telefon. Er wählte die Nummer des Oberbürgermeisters, zu dem er von der Sekretärin sofort durchgestellt wurde.

Frisch wirkte etwas verdutzt, als ihn der Polizeipräsident in einer sehr dringenden Angelegenheit sofort zu sprechen wünschte.

„Sagt Ihnen der Name Logistic International GmbH etwas, Herr Oberbürgermeister?“

Der Oberbürgermeister überlegte. Dieser Name kam ihm irgendwie bekannt vor. Es hatte in letzter Zeit einige Neugründungen gegeben, mit denen er zu tun hatte und über die er sich natürlich sehr freute. Aber „Logistic International“ gehörte nicht zu diesen Mannheimer Firmen. Er hatte diesen Namen in einem anderen Zusammenhang gehört. Peterson hatte ihn erwähnt.

„Sind die nicht in Speyer?“ Jetzt erinnerte er sich – hier handelte es sich um eine Firma, mit der Peterson zusammenarbeitete.

Dem OB fiel ein Stein vom Herzen, als der Polizeipräsident am anderen Ende der Leitung fortfuhr: „Ja, ganz recht, eine Firma in Speyer. Das heißt, eine Firma, die bis vor Kurzem in Speyer war. Von heute auf morgen hat diese Firma ihre Zelte in Speyer abgebrochen. Der Geschäftsführer, ein Herr Günther, lebt in Liechtenstein. Eine meiner Beamtinnen hat mit ihm telefoniert.“

„Hat das Unternehmen denn Schulden hinterlassen?“, wollte der Oberbürgermeister wissen.

„Schulden, soweit ich weiß, nicht. Uns interessiert die Firma aus einem anderen Grund. Bitte sagen Sie mir doch, was Sie über diese Firma wissen.“

Der Oberbürgermeister wollte nichts von dem Kontakt zwischen der Peterson AG und der Logistic International erwähnen. Gleichzeitig wollte er beim Polizeipräsidenten aber auch nicht durch sein Schweigen den Verdacht wecken, er verberge etwas. Deshalb bemühte sich der Oberbürgermeister darum, so leutselig wie möglich zu erzählen, dass er wisse, dass diese Firma eine starke Stellung im Speyerer Hafen einnehme und er es gerne sähe, dass Mannheim seine alte Bedeutung als Hafenstadt zurückgewinne. Deshalb sei er auch nicht sonderlich betrübt, wenn der Speyerer Hafen aus welchem Grund auch immer, Firmen verliert.

„Das kann für unsere Stadt nur gut sein, Herr Polizeipräsident. Aber warum interessieren Sie sich denn überhaupt für diese Firma?“

Mandel spürte, dass Frisch etwas vor ihm verbarg. Möglicherweise wusste Frisch über die Logistic mehr als er verriet. Der Polizeipräsident hoffte, ihn aus der Reserve locken zu können: „Wir sind auf diese Firma im Zusammenhang mit dem Mord an Stadtrat Rehberger gestoßen. In diesem Zusammenhang fahnden wir nach einer jungen Frau, die dort gearbeitet hat und die Rehberger kannte. Rehberger ist zumindest einmal mit ihr zusammen in einem Mannheimer Lokal gesehen worden. Diese Frau ist nun seit einigen Wochen verschwunden und wir haben den Verdacht, dass ihr Verschwinden im Zusammenhang mit Rehbergers Tod steht."

Es dauerte einige Zeit, bis sich der OB wieder zu Wort meldete.

„Dann haben Sie ja möglicherweise eine heiße Spur gefunden und der Mord an dem Kollegen Rehberger geht endlich seiner Aufklärung entgegen."

Der Polizeipräsident wusste nicht, wie er diese Bemerkung deuten sollte. Er traute dem Stadtoberhaupt nicht. Frisch kam ihm aalglatt und zynisch vor. Aber dennoch konnte der erfahrene Polizist mit sich zufrieden sein. Die Stimme des OBs klang jetzt anders als in den ersten Tagen nach der Ermordung Rehbergers. Hatte Mandel den OB verunsichert? Das wäre bei diesem kaltblütigen Zocker schon ein Erfolg. Dieser kaltschnäuzige Politiker würde sich nicht mehr ruhig in seinen bequemen Sessel zurücklehnen können. Freundlich verabschiedete sich Mandel vom Stadtoberhaupt und legte den Telefonhörer auf.

Unmittelbar nach dem Telefonat mit dem Polizeipräsidenten wählte Frisch die Durchwahl von Baubürgermeister Herbert Ohlhausen und bat ihn, sofort zu ihm zu kommen.

Der Leiter des Baudezernates nahm die Jacke aus dem Schrank, in den er sie am Morgen so fein säuberlich gehängt hatte, und machte sich sofort auf den Weg zu seinem Chef.

„Sie waren doch kürzlich zusammen mit Peterson bei der Logistic International in Speyer", meinte das Stadtoberhaupt. „Welchen Eindruck haben Sie von diesem Unternehmen?" Der Angesprochene nahm auf dem Besuchersessel am Schreibtisch des Oberbürgermeisters Platz und wirkte unsicher bei dieser direkt gestellten Frage.

„Ja“, sagte er etwas unschlüssig. „Ich hatte einen guten Eindruck. Die Firma wirkt solide. Soweit ich das einschätzen kann, arbeiten dort etwa 50 Mitarbeiter. Im Lager habe ich Container gesehen, die für den Transport der Baumaschinen bereitgestellt waren. Von Rotterdam aus werden diese Maschinen auf Hochseeschiffe verladen und, wie man mir sagte, direkt nach Dubai verschifft. Insgesamt sollen in diesen Monaten etwa 100 große Maschinen geliefert werden. Sie müssen spätestens in einem Monat in Dubai sein. Das ist alles ziemlich eng terminiert, hat mir Peterson erklärt. Er wird es aber schaffen. Ich traue ihm das auch ohne Weiteres zu. Aber Sie kennen ihn ja besser. Sie wissen ja, wie er persönlich einzuschätzen ist. Sie haben doch mit ihm in Harvard studiert?“

„Ja, wir waren einige Semester dort zusammen. Er war immer schon sehr ehrgeizig. Und wie er dieses Unternehmen aus dem Boden gestampft hat, bewundernswert.“

Der Oberbürgermeister blickte stumm auf den fast leeren Schreibtisch. Er achtete immer darauf, dass um ihn herum der Eindruck von Ordnung entstand.

„Aber warum fragen Sie mich nach der Logistic International? Gibt es da etwa Probleme, Herr Oberbürgermeister?“

„Das Problem liegt darin“, sagte der Oberbürgermeister in das bedeutungsvolle Schweigen hinein, „dass es die Logistic International nach der Auskunft unseres Polizeipräsidenten, der mich vorhin angerufen hat, nicht mehr gibt. Der Name der Firma wurde aus dem Handelsregister gelöscht.“

Ohlhausen machte ein betroffenes Gesicht. „Ich dachte, die Logistic International sei eine hundertprozentige Tochter von Peterson? Es gab da zwar einen eigenen Geschäftsführer, der hieß Günther oder so. Das eigentliche Sagen hatte aber, so wie es mir vorkam, Peterson."

Der Oberbürgermeister sah den Baudezernenten erschrocken an: „Der Polizeipräsident hat behauptet, die Spur dieser gelöschten Firma führe nach Liechtenstein und auch dieser Günther, den Sie da gerade genannt haben, säße in Liechtenstein und damit seien für die polizeilichen Ermittler aus Deutschland alle Türen verschlossen."

Ohlhausen versuchte, seinen Chef zu beruhigen: „Das muss ja nicht gleich etwas Negatives bedeuten. Günther ist im internationalen Business. Da gelten andere Regeln als im überschaubaren, nationalen Geschäft. Es kann durchaus sein, dass sich da eine Firma auflöst und unter einem anderen Namen neu formiert. Das habe ich in der letzten Zeit häufiger erlebt. Aber sagen Sie mir, lieber Herr Oberbürgermeister, warum interessiert sich denn die Polizei für die Logistic International?"

„Die Polizei ist im Zusammenhang mit ihren Ermittlungen im Fall Rehberger auf die Logistic International gestoßen."

Der Baudezernent schaute den OB verblüfft an.

„Und die vermuten also", folgerte Ohlhausen, „dass Peterson etwas mit dem Mord an dem Stadtrat zu tun hat? Gründe genug hätte er ja. Rehberger lief doch die ganze Zeit herum und behauptete, die Peterson AG handele mit Waffen."

Das Stadtoberhaupt schüttelte den Kopf.

„Von Rehbergers Vermutungen werden sie vermutlich bereits wissen. Ich habe gehört, dass sie die Schwarzkopf und den Delius bereits mehrfach befragt haben. Da wird wohl auch das auf den Tisch gekommen sein. Mich haben sie ja auch danach gefragt. Ich habe ihnen erzählt, dass das Blödsinn ist. Peterson handelt nicht mit Waffen. Ich würde zwar die Hand für ihn in diesem Punkt nicht ganz ins Feuer legen, aber dennoch glaube ich das nicht."

„Ich denke eigentlich auch nicht, dass Peterson in diese Art illegaler Geschäfte verwickelt ist", bestätigte der Dezernent.

Nachdem Ohlhausen das Büro verlassen hatte, griff Frisch erneut zum Telefon.

Als er den früheren Studienkollegen am Telefon hatte, war er sehr darum bemüht, einen ruhigen, angenehmen Ton in seine Stimme zu legen: „Hallo Manfred, wie geht es dir?"

Der Angesprochene erzählte eine Viertelstunde über das letzte Golfturnier, an dem er teilgenommen hatte und wie erfolgreich er dabei gewesen sei.

„Sag mal", hakte der OB nach diesem Vorspann ein, „der Ohlhausen hat mir neulich von seinem Besuch in Speyer berichtet. Der war ja ganz begeistert von der Logistic International."

„Ja", pflichtete Peterson bei. „Das ist eine super Firma, man muss leider hinzufügen ‚gewesen'. Denn es gibt sie nicht mehr."

Hier war Frisch endlich an dem Punkt, der für ihn interessant war. Er wollte Petersons Sicht der Dinge zum Thema Auflösung der Logistic International hören.

„Es gibt sie nicht mehr", flüsterte der Oberbürgermeister mit gespieltem Entsetzen. „Wie ist das möglich?"

„Ganz einfach, der Geschäftsführer, Herr Günther, den Herr Ohlhausen bei seinem Besuch auch kennengelernt hat, hat die Löschung beantragt. Warum? Ich weiß es nicht. Da musst du Günther selbst fragen. Die Logistic International ist eine eigenständige Firma. Wir haben zwar in der Vergangenheit oft zusammengearbeitet und beide Firmen haben, so wie ich das sehe, von dieser Zusammenarbeit profitiert. Aber letztendlich weißt du heutzutage nie, wie es im Innenleben einer Firma tatsächlich aussieht. Es gibt Bilanzen, die kannst du einsehen. Du weißt aber wirklich nicht, was hinter den einzelnen Posten tatsächlich an Realwerten steht. Und letztendlich weißt du auch nicht, wer die Eigentümer der Firma sind. Soweit ich weiß, besteht ein Teil des Firmenvermögens aus Grundstückswerten. Wenn diese Grundstückswerte irgendwo im Osten liegen, kann man viel verlieren, denn die Werte dort sind viel zu hoch bilanziert und werden gerade abgewertet. Da steht einiges auf dem Spiel. Wenn die Pech hatten, ist ihr Firmenvermögen mit einem Mal nur noch die Hälfte wert. Und dann kannst du dir vorstellen, wie die Banken, die dir Kredite geben, Sturm laufen, denn diese Kredite haben dann auf einmal keine Sicherheit mehr.

Aber ich weiß es nicht, ob das der Grund ist, warum diese an sich gut gehende Firma auf einmal aufhören musste. Wie gesagt, ich kann mich da nur auf Gerüchte beziehen. Das, was ich eben gesagt habe, könnte möglich sein. Es kann aber auch eine ganze Reihe anderer Gründe gegeben haben. Uns gegenüber haben sie jedenfalls alle ihre Verpflichtungen erfüllt. Sie haben die versprochenen Einheiten ohne Terminverzögerung Richtung Dubai verschickt. Alles ist in bester Ordnung. In den nächsten Tagen wirst du das auch in einer sehr angesehenen deutschen Wirtschaftszeitung lesen können. Die ganze Woche war ich von Reportern belagert, die mir meine Zeit stahlen. Publicity, das ist heute der Schlüssel zum Erfolg – aber wem sage ich das? Und übrigens – dass die Logistic International aufgegeben hat, kann doch nur zu deinem Vorteil sein."

Der Unternehmer machte eine bedeutungsvolle Pause. Frisch hörte gespannt zu, als Peterson fortfuhr: „Du wolltest doch sowieso, dass wir uns einen Mannheimer Partner suchen. Und wir sind gerade auf dem Weg, das zu tun. In eurem Hafen gibt es einige interessante Unternehmen, die in der Lage wären, Aufträge in dieser Größenordnung zu übernehmen. Ich sehe da eine große gemeinsame Zukunft vor uns. Bald werden wir unsere Aktivitäten in der Golfregion noch weiter ausbauen. Schon in einer Woche fliege ich mit der Wirtschaftsdelegation der Landesregierung nach Dubai. Dort treffen wir die zuständigen Minister."

Der Unternehmer kam über das Aufblühen der Golfregion ins Schwärmen. Peterson hatte Visionen, das war Frisch bereits in Harvard aufgefallen. Dort war er allerdings mit seinen Visionen meist auf den Bauch gefallen und war ohne Abschluss im Sumpf der Realität gelandet.

‚Hoffentlich wird es diesmal anders', dachte Frisch noch, als er sich wortreich von seinem Ex-Kommilitonen verabschiedete.

Nachdem dieses Gespräch beendet war, meditierte Frisch eine Weile. Er faltete dabei die Hände und fixierte einen Punkt auf der Schreibtischplatte.

So fand ihn Frau Satorius vor, als sie ihm die Unterschriftenmappe auf den Tisch legte. Sie wusste, sie durfte ihren Chef in diesem Moment nicht stören. So leise wie möglich entfernte sie sich wieder aus dem Zimmer und schloss die Tür geräuschlos hinter sich.

Oberbürgermeister Frisch war wieder allein. Beruhigt hatte ihn das Gespräch mit Peterson in keiner Weise. Er besaß Menschenkenntnis genug, um zu kapieren, dass Peterson ganz der Alte geblieben war. Er hatte auf ihn gesetzt bei seinen Plänen, Mannheim zu erneuern. Die Versprechen, die er im Wahlkampf gegeben hatte, beruhten zum größten Teil auf dem Glauben, in dem alten Ex-Kommilitonen einen einigermaßen verlässlichen Partner in Wirtschaftsdingen zu haben. Aber auf der anderen Seite – Peterson hatte ihn bis jetzt noch nicht enttäuscht. Das, was er versprochen hatte, hatte er auch gehalten. Er war mit einem Teil seiner Firma von Karlsruhe nach Mannheim umgezogen. Die Güter, die er bis jetzt von Speyer aus verschifft hatte, würde er bald von Mannheim aus in die Emirate transportieren. Peterson hatte gute Verbindungen zu den internationalen Finanzmärkten. In diesem Punkt war Peterson auch früher schon gut gewesen. Er kannte sich aus mit Finanzgeschäften. Sein Gebiet war der Finanzmarkt. Das Wichtigste hatte er während des Studiums gelernt – Finanzströme zu analysieren, Entwicklungen zuverlässig einzuschätzen und auf das richtige Pferd zu setzen.

Dass die Rheinbank Peterson einen großzügigen Kredit einräumte, den er bereits abgerufen hatte, sah der Oberbürgermeister zu diesem Zeitpunkt noch als unproblematisch an.

Dieser Kredit war ja letztendlich die Voraussetzung für Petersons Engagement in Mannheim.

19

Anette hatte an diesem Nachmittag dienstfrei. Sie wollte mit ihrem Mann zusammen in einem der nahegelegenen Wälder spazieren gehen. Die Picknicksachen standen schon bereit.

Bauer ging allein ins Büro zurück. Er sah die Post durch. Nichts Interessantes, wie es ihm schien.

Danach schaute er ins *Mannheimer Tagblatt*, zu dessen Lektüre er am Morgen noch nicht gekommen war. Auf Seite 3 gab es einen Bericht über Manfred Peterson, den er mit Interesse las.

Die Peterson AG war von der Handelskammer zum Unternehmen des Jahres gewählt worden. Im Artikel wurde vor allem darauf eingegangen, wie sich der Aktienkurs in kürzester Zeit von einem niedrigen Einstiegspreis zu heutigen satten 102 Euro pro Aktie entwickelt hatte. „Die Anleger dürfen sich freuen", lautete die Zwischenüberschrift.

„Wer damals eingestiegen ist, hat sein Vermögen vervierfacht", lautete eine weitere euphorische Schlagzeile. Aber dessen nicht genug: Weitere Steigerungen würden erwartet. Deshalb sei es nach wie vor ein guter Tipp, Aktien von diesem Unternehmen zu kaufen.

Bezüglich der zu erwartenden Kapitalverzinsung wurde von den großen Projekten berichtet, welche die Firma aus Karlsruhe überall auf der Welt ankurbele. So sei der Vorstandsvorsitzende Manfred Peterson zurzeit in Dubai, um dort mit dem Emir Maktum bin Rashid über weitere Projekte zu verhandeln. Für den Bau der künstlichen Insel *Palmira II* habe die Peterson AG bereits notwendige Maschinen geliefert. Es gab einige Luftaufnahmen von den Baustellen, wo Petersons Maschinen im Einsatz waren. Daneben gab es eine Skizze, die zeigte, wie die Insel in vollendetem Zustand aussehen würde. Beeindruckt von diesen Bildern legte Bauer die Zeitung beiseite.

20

Dr. Wendland war Junggeselle. Er hatte sich bisher nie längerfristig gebunden, denn Wendland hatte eine tiefsitzende Beziehungsangst, unter der er litt. Dr. Wendland war Direktor der Rheinbank. Daneben hatte er zahlreiche Hobbys. So ging er gerne im Pfälzer Wald spazieren und züchtete zu Hause auf seinem Balkon seltene Orchideenarten. Von dort aus hatte er einen wunderbaren Blick auf den Rhein, der sich an diesem sonnigen Abend wie ein breites silbernes Band in den Norden hinaufwälzte.

Für seine Orchideen hatte sich Wendland auf seinem großen Balkon ein Gewächshaus bauen lassen. Wendland war glücklich, wenn er seine Zeit der Orangerie, wie er dieses Glashaus liebevoll nannte, widmen konnte. Die Orchideen gediehen prächtig unter seinen Händen, und er war stolz auf seine Zuchterfolge.

Bei dieser Arbeit konnte er den ganzen Stress und den Ärger, den ihm „seine“ Rheinbank in jüngster Zeit Tag für Tag einbrachte, vergessen. Mittlerweile war er an dem Punkt, dass er einsah, wie sehr ihm dieser Ärger in der letzten Zeit zu schaffen machte. Seit der neue Oberbürgermeister im Amt war, war die Abkehr vom Örtlichkeitsprinzip das große Thema. „Die Rheinbank muss sich im internationalen Business aufstellen", hatte das neue Stadtoberhaupt gefordert.

Aber was das bedeutete, war den Aufsichtsräten offenbar nicht klar. Sie fühlten sich plötzlich alle als Global Player und trugen diesen verantwortungslosen Blödsinn mit. Viel zu hohe Risiken gingen sie dabei ein. Sie drängten ihn, den erfahrenen Bankier, zu immer gewagteren Kreditvergaben an Kunden, denen man vor Jahresfrist noch nicht einmal den Kredit für einen Gebrauchtwagen eingeräumt hätte.

Die Ära der Stagnation, die unter dem alten Oberbürgermeister Klose eingetreten sei, wäre nun zu Ende, hatte Frau Schwarzkopf getönt.

Noch schlimmer als der Oberbürgermeister waren die neuen Kollegen, die man ihm zur Seite gestellt hatte. Das waren keine Bankiers, das waren „Banker", wie sie sich selbst mit einem arroganten Stolz nannten. Seit Beginn der Ära Frisch waren einige dieser Sorte mit hohen Gehaltsversprechungen nach Mannheim gelockt worden. Bisher hatte er geglaubt, er könne sich wenigstens auf den Bankdirektor, Dr. Berger, verlassen, aber seit der Aufsichtsratssitzung vor ein paar Wochen, bei der es um die Kreditvergabe an Peterson gegangen war, musste er sich eingestehen, dass er sich getäuscht hatte. Auch Berger redete dem Oberbürgermeister nach dem Mund. Unter Klose hätte Peterson diese 100 Millionen nicht bekommen. 100 Millionen Euro für ein Unternehmen, das gerade mal zwei Jahre existierte.

‚Den PR-Bericht des Unternehmens haben die Redakteure des *Mannheimer Tagblatts* vor ein paar Tagen wohl 1:1 abgeschrieben', dachte Dr. Wendland, der in jener Zeitung einen Artikel über die Peterson AG gelesen hatte.

„Blender, Blender", erzählte er seinen Orchideen, „ich habe jeden Tag mit ihnen zu tun. Früher war auch die Presse kritischer. Die Redakteure stützten sich auf eigene Recherchen. In die Nesseln setzt sich heute niemand mehr und mit einem so erfolgreichen OB wie Frisch will sich auch keiner von der Presse anlegen."

Dr. Wendland grinste verächtlich. Er beendete seine Arbeit in der hauseigenen Orangerie und ging ins Bad, um sich die Hände zu waschen. Anschließend bereitete er sich in der Küche einen Tee.

Wendland war ein leidenschaftlicher Teetrinker. Alkohol vertrug er nicht und geraucht hatte er nie.

‚Solche Angewohnheiten verkürzen nur das Leben', dachte er. ‚Und abgesehen von dem Ärger, den die hohe Verantwortung mit sich bringt, ist das Leben dafür da genossen zu werden.'

Nach der unglücklichen Aufsichtsratssitzung vor ein paar Tagen hatte Dr. Wendland beschlossen, sich wegen der Rheinbank nicht mehr aufzuregen. Er wollte diesen ganzen Ärger nicht mehr an sich herankommen lassen.

„Das ist das Beste", stellte er kategorisch fest. „Dr. Berger hat vielleicht doch recht. Er hat nur früher erkannt als ich, dass es keinen Sinn macht, sich gegen die Vergabe des Kredites an die Peterson AG zu stellen. Es war sowieso schon beschlossene Sache. Der OB wollte es so und die beiden Fraktionsvorsitzenden der großen Parteien hatten bereits zugestimmt. Die Sache war für mich verloren. Aber ich musste ja unbedingt den Helden spielen."

Dr. Wendland lächelte, als er den Tee in die vorbereitete

Tasse goss. Chinesisches Porzellan aus der Mingzeit. Das hatte jedenfalls der Antiquitätenhändler behauptet. Die freizügigen erotischen Darstellungen des Dekors sollten diese Behauptung angeblich belegen.

Aber das Mingdekor konnte natürlich auch gefälscht sein. Das aber nahm Dr. Wendland in diesem Fall nicht so genau. Wichtig war für ihn, dass das Teeservice, das er vor ein paar Jahren in München erstanden hatte, sehr gut in seine Sammlung, die noch weitere schöne Antiquitäten aus Asien enthielt, passte. Das häusliche Ambiente und diese kleinen, feinen Kostbarkeiten, ob gefälscht oder nicht, trösteten ihn über manchen verlorenen täglichen Kampf hinweg.

Sein Kampf gegen die Kreditvergabe war vergeblich gewesen. Er war ein Don Quijote. Aber dennoch war er stolz darauf, dass er nicht zu denen gehörte, die alles schlucken. Er trug Verantwortung und er stand dazu. Das war so auch im Protokoll vermerkt. Er hatte es nachgeprüft.

‚Was soll ich mich jetzt darüber noch aufregen? Ich habe gesagt, was gesagt werden musste, dass ich die anderen stimmberechtigten Mitglieder nicht überzeugen konnte, war nicht meine Schuld. Ich war der Unterlegene in der Abstimmung, vermutlich aber der Einzige, der seinen aufrechten Gang gewahrt hat. Selbst der Personalrat hat sich auf die Seite des Oberbürgermeisters ziehen lassen.

Sollte der Kredit platzen, marschiert die Rheinbank todsicher in die Insolvenz.‘

Dr. Wendland nahm genüsslich einen Schluck Tee zu sich.

‚Und Peterson ist vermutlich erst der Anfang‘, mahlte es in seinem Kopf weiter.

‚Weitere Kreditsuchende mit unzureichenden Sicherheiten

stehen schon auf der Matte. Wenn sie Arbeitsplätze bringen, was soll's? Wozu brauchen wir dann noch Sicherheiten? Der Bann ist jetzt gebrochen. Frisch will möglichst viele dieser neuen Unternehmen nach Mannheim ziehen.

Ich versteh' ihn ja auch, einerseits – die Metallindustrie ist weggebrochen. Das ganze produzierende Gewerbe steckt in einer Strukturkrise. Viele dieser Unternehmen gehen ins Ausland, der billigen Arbeitskräfte wegen. Aber diese Probleme mit ungesicherten Krediten angehen heißt doch nichts anderes, als eine Grube graben, um eine andere Grube zuzuschaufeln. Aber was geht's mich an', tröstete er sich. ‚Ich stehe jetzt sowieso im Abseits.'

Das Klingeln an der Tür riss ihn aus seinen Gedanken. Er ging zur Gegensprechanlage und fragte, wer da sei.

„Paketpost", schallte es ihm entgegen. Dr. Wendland drückte auf den Türöffner und blieb in der Wohnungstür stehen. Ein sportlicher junger Mann kam die Treppe herauf. Er trug ein Paket in der Hand und ein Gerät, auf dem Wendland mit einem speziellen Schreiber den Empfang des Paketes quittieren sollte.

Wortlos hielt der Paketbote Dr. Wendland den Schreiber hin. Der nahm ihn und wollte quittieren. Doch dann spürte er auf einmal einen Druck auf der Nase. Etwas Weiches, Kaltes wurde in sein Gesicht gedrückt. Er spürte, wie er müde wurde und ihm die Beine wegsackten.

21

Freitags fuhr Jürgen Bauer zur Grillparty, die seine Kollegen am Rheinbad organisiert hatten. Er hatte sich gewundert, als Hannes ihn gefragt hatte, ob er mitkommen wolle. Bisher wurde er von den privaten Feiern seiner Kollegen eher ausgeschlossen.

Die Menschen in Mannheim feiern gerne, das hatte er bereits festgestellt. Entlang des Flussufers gab es zahlreiche Ausflugslokale, in denen die Mannheimer mit Vorliebe ihre freie Zeit verbrachten. Auch in den bewaldeten Mittelgebirgen links und rechts des Stromes ließen sie es sich gut gehen.

Der Grillplatz, an dem die Party der Mannheimer Polizei stattfinden sollte, war in der Nähe eines solchen Ausflugslokals. Das Gebäude war in einem sachlichen Stil der 20er-Jahre gebaut. Bauer gefiel es gut. Er parkte seinen Wagen vor dem Lokal, nahm die Bierkiste aus dem Kofferraum und schleppte die Getränke etwa 300 Meter, bis er einige ihm bekannte Gesichter sah.

Von den Anwesenden kannte er außer Anette, Hannes und Lutz, der ebenfalls zur Mordkommission gehörte, niemanden. Anette hatte auch ihren Mann mitgebracht, den Bauer bei dieser Gelegenheit kennenlernte. Ihre beiden pubertierenden Jungs waren ebenfalls mit dabei. Etwas später kam Scheck dazu. Er hatte bis zum Abend im Revier, ganz in der Nähe ihres Grillplatzes, Dienst gehabt. Die Stimmung war sehr gelöst. Es war das erste Mal an diesem Abend, dass sich Jürgen Bauer im Kreis seiner Kollegen akzeptiert fühlte.

Die Kollegen schwatzten, tranken Bier, brieten Würstchen oder Fleischstücke und sahen in die untergehende Sonne über dem Fluss. Das Flussufer bestand hier aus Kies und die beiden Jungs von Anette ließen mit Scheck Steine auf dem Wasser tanzen.

Bauer wunderte sich, wie ausgelassen fröhlich Anette sein konnte. So ganz anders als im Präsidium, wo sie immer ernst, nachdenklich und distanziert wirkte.

Bauer saß eine Weile allein auf der Decke, die er auf der Wiese ausgebreitet hatte. Etwas später setzte sich Anette zu ihm. Sie zählte auf, was sie an Mannheim schätzte und in welchen Punkten die Mannheimer doch so ganz anders wären als die Menschen in Norddeutschland.

„Die Mannheimer sind nicht so distanziert wie wir. Sie sind herzlich und aufgeschlossen. Nicht so zugeknöpft. Mein Mann, Horst, ist ein echter Mannheimer."

Anette war wegen Horst nach Mannheim gekommen. Das war nun schon einige Jahre her. Sie hatten drei Kinder. Ihr drittes Kind, ein Mädchen, würde nach den Sommerferien in die erste Klasse kommen. Dann wäre endlich wieder Zeit für Theater und Kino, wünschte sich Anette. Das Theater in Mannheim sei sehr gut. Baucr hatte davon gehört. Faust hatte ihm vom Mannheimer Theater erzählt, dessen goldene Zeiten – so die Meinung des Wirtes – aber schon längst vorbei wären.

Es war bereits dunkel geworden, da klingelte Bauers Handy. Bauer hatte Alarmbereitschaft und war somit der erste Ansprechpartner der Zentrale. Der Beamte der Telefonzentrale beorderte ihn zum Einsatz.

„Ein Toter in einer Badewanne.“ Ob Bauer wisse, wo sich Hannes befinde.

Sie brachen zu dritt vom Grillplatz auf: Bauer, Hannes und Anette. Die angegebene Adresse war nicht weit entfernt. Sie trafen vor den Kollegen ein, die es vom Präsidium aus weiter hatten.

An der Tür eines Appartements im oberen Stockwerk stand eine weinende Frau mittleren Alters.

„Ich habe mir Sorgen gemacht. Ich bin seit 15 Jahren seine Sekretärin. Er war sonst immer der Erste im Büro, und wenn er sich aus irgendeinem Grund verspätete, rief er mich an. Als er am ersten Tag seines Fernbleibens bis Mittag nicht angerufen hatte, wurde ich unruhig. Auch am nächsten Tag kam er nicht. Ich habe dann ein paar Mal versucht, ihn zu Hause zu erreichen, aber niemand ging ans Telefon. Als er heute wieder nicht gekommen ist, dachte ich – da muss etwas passiert sein.

Dr. Wendland ist Junggeselle. Er lebt nur für seine Bank, die Rheinbank, und für seine Orchideen. Drei Tage unentschuldigtes Fernbleiben, das ist bei einem Mann mit seinem Charakter undenkbar. Aber ich kann ihm doch nicht einfach so auf die Pelle rücken.

Ich habe Dr. Berger gefragt, den Bankdirektor. Er hat nur mit den Schultern gezuckt. Angedeutet hat er, dass Dr. Wendland vielleicht sauer sei. Er war in einer ziemlich wichtigen Sache anderer Meinung als die meisten. Vielleicht sei er deswegen eingeschnappt. Das waren die Worte von Dr. Berger.

Was soll ich denn als kleine Sekretärin machen? Ich bin zunächst einmal nach Hause gefahren. Zu Hause sagte mein

Mann, ich solle doch zu Dr. Wendlands Wohnung fahren, bevor ich mir das ganze Wochenende Sorgen mache. Ich fuhr also hierher und klingelte an der Wohnungstür. Es herrschte Stille. Ich wartete ungefähr eine Viertelstunde. Nichts regte sich. Erst wollte ich wieder gehen. Möglicherweise hatte Dr. Berger recht und Dr. Wendland war wirklich eingeschnappt, verreist, irgendwo hin. Das kann ja alles sein. Wer steckt schon in einem anderen Menschen drin? Ich war schon fast an meinem Auto. Aber ich konnte doch nicht so einfach wieder nach Hause fahren! Ich rief den Hausmeisternotdienst an. Die Nummer stand ja auf einem Schild im Treppenhaus. Da kam dann auch bald jemand. Der Hausmeister kannte Dr. Wendland gut und auch er fand es ungewöhnlich, dass er ohne wichtigen Grund nicht in der Bank erschienen war."

Jetzt erst bemerkte Bauer den Mann, der auf der Treppenstufe saß und den Kopf in die Hand gestützt hielt. Er hatte den Schlüsselbund noch in der Hand und konnte gar nicht fassen, was er gesehen hatte.

„Ja, die Dame hat mich gerufen", antwortete er auf die Frage von Anette.

„Ich bin ja vieles gewohnt. Da gibt es ein Objekt, das wir betreuen, da gibt es jedes Jahr mindestens einen Selbstmord, meist mit Schlaftabletten. Ich habe schon einiges gesehen. Aber in diesem Objekt hat es so was noch nicht gegeben. Und Dr. Wendland war ein sehr seriöser Herr, der nicht zu Depressionen neigte, wie mir schien."

Anette wurde ungeduldig, weil der Hausmeister nicht zum Punkt kam, und fiel ihm ins Wort: „Sie haben also die Wohnungstür von Dr. Wendland geöffnet?"

„Ja, ich habe aufgeschlossen. Der Geruch in der Wohnung

kam mir sehr bekannt vor. Wir gingen beide in die Wohnung, die Dame und ich, alles ordentlich aufgeräumt, so wie ich es mir bei Dr. Wendland auch vorgestellt habe, viele Antiquitäten waren dort. Die hätte ein Einbrecher wohl mitgenommen, denn die sahen sehr wertvoll aus.“

Jetzt reichte es Anette endgültig. Sie unterbrach die eindrucksvolle Schilderung des Ambientes.

„Wo haben Sie Dr. Wendlands Leiche gefunden?“

„Er lag bekleidet in der Badewanne, ein friedliches Lächeln auf den Lippen. Auf einem Tisch neben der Wanne stand ein halb volles Glas Rotwein.“ Die Sekretärin, die bei der Schilderung dabei stand, presste das Taschentuch auf den Mund und schluchzte. Sie rannte die Treppe hinunter und lehnte sich draußen an die Hauswand.

„Ich habe dann gleich die Polizei gerufen“, sagte der Hausmeister pflichtbewusst.

„Wie bei Barschel“, flüsterte Hannes vor sich hin, als er das Badezimmer betrat. „Es ist die gleiche Ikonografie, vermutlich stecken die gleichen perversen Gedanken dahinter. Kaltblütiger, abscheulicher Mord, der als Selbstmord getarnt werden soll. Hier wie dort waren Profis am Werk. Aber auch wir sind Profis und werden die Wahrheit herausfinden.“

Hannes ging durchs Badezimmer mit dem Blick des Analytikers, dem nichts verborgen bleibt.

22

Oberbürgermeister Frisch erfuhr von dem Tod Dr. Wendlands noch in der gleichen Nacht. Mandel hatte ihn angerufen.

„Noch gehen wir von einem Selbstmord aus“, sagte der Polizeipräsident, mit einem unüberhörbaren Zweifel in der Stimme. Er wollte wissen, wie eng die Verbindung zwischen dem Oberbürgermeister und dem Bankier war. Immerhin war Frisch ja Aufsichtsratsvorsitzender der Rheinbank und Dr. Wendland Vorstandsmitglied. Frisch holte aus und lobte zunächst die Verdienste Dr. Wendlands. Er schränkte aber auch ein: „Dr. Wendland hat es einfach nicht verkraftet, dass seine Zeit als großer Bankmanager vorbei war. Ganz deutlich wurde das auf einer Sitzung vor ein paar Wochen, als es um neue Richtlinien bei der Kreditvergabe ging. Solche Veränderungen, die heute ja notwendig sind, machten Dr. Wendland sehr zu schaffen. Er hat seine Karriere in einer Zeit begonnen, als sich das Kreditgeschäft auf die Vergabe von Geld an grundsolide, ortsansässige Handwerker beschränkte. Heute befinden sich die Finanzmärkte im Sog der Globalisierung. Die kommunale Wirtschaft muss sich diesen Umwälzungen stellen.

Die Bevölkerung Mannheims hat mich gewählt, weil ich für Modernisierung stehe. Ich habe in mehreren Vier-Augen-Gesprächen mit Dr. Wendland versucht, ihm dies begreiflich zu machen, aber er wollte nicht umdenken und hat zum Schluss nur noch geblockt.

Selbst Dr. Berger, mit dem er ja viele Jahre befreundet war, hat er nicht mehr an sich herangelassen. Dr. Wendland hat sich vermutlich gemobbt gefühlt."

„Das kann ich mir gut vorstellen, dass man sich so fühlt, wenn man nach so vielen Jahren in leitender Position plötzlich alle gegen sich hat."

„In dieser Position, lieber Herr Polizeipräsident, können Sie sich keine Sentimentalität leisten. Banker ist der härteste Job der Welt. Da boxen Sie sich entweder durch oder Ihr Haus geht sang- und klanglos vor die Hunde. Das sind die Alternativen. Jedes Institut geht heute Risiken ein, bei denen es unseren Vorgängern schwindlig geworden wäre. Aber, was soll's, wenn Sie nichts riskieren, spielen Sie nicht mit. Heute entstehen milliardenschwere Unternehmen aus dem Nichts. Wollen Sie, dass die mit ihren Investitionen in den Nachbarort gehen, nach Karlsruhe vielleicht? Damit tun Sie Ihren Bürgern keinen Gefallen. Die wollen Geld verdienen, städtische Infrastruktur, Kindergärten, nicht zuletzt Kultureinrichtungen. Wir haben ein wunderbares Theater, auf das wir stolz sein können. Das finanzieren wir zum großen Teil aus öffentlichen Einnahmen, aus der Gewerbesteuer zum Beispiel. Aber um solche Einnahmen zu erzielen, brauchen Sie Gewerbe, das sich bei Ihnen ansiedelt."

Viel war in dieser Nacht wohl nicht mehr vom Oberbürgermeister zu erfahren. Nach ein paar höflichen Worten des Abschieds legte Mandel auf. An Schlafen war aber vorläufig nicht mehr zu denken. Zu viele ungeordnete Gedanken gingen dem Polizeipräsidenten durch den Kopf. Er holte sich einen Cognac aus der Hausbar und schwenkte die holzbraune Flüssigkeit in seinem Glas.

Der Polizeipräsident ging hinaus auf seine wunderbare

Terrasse, von der aus er einen weiten Blick über die nächtliche Rheinebene hatte. In der Dunkelheit funkelten die Lichter der Straßenbeleuchtung.

‚Noch drei Jahre sind es bis zur Pensionierung', ging es ihm durch den Kopf. ‚Und dann werde ich mich ganz ins Privatleben zurückziehen.'

23

Schon gleich zu Dienstbeginn hatte der Polizeipräsident Anette Schreiber und Jürgen Bauer zu sich gebeten. Er berichtete von seinem späten Telefonat mit dem Oberbürgermeister.

„Der Oberbürgermeister hat von der zunehmenden Isolierung Wendlands gesprochen. Frisch meint, Wendland hätte sich gemobbt gefühlt. Und privat schien er ja auch recht isoliert gelebt zu haben, nach allem, was ich erfahren habe. Trotz aller Bedenken – solange wir keine Beweise für einen Mord haben, müssen wir von einer Selbsttötung ausgehen."

„Ja, er lebte allein. Das muss aber nicht heißen, dass es ihm dabei schlecht gegangen ist. Er hatte ein ausgefallenes Hobby, er züchtete Orchideen, sogar ganz seltene Arten, die sehr empfindlich sind", ergänzte Bauer.

„Was die Selbstmordhypothese angeht", schaltete sich Anette Schreiber ein, „so sprechen die Obduktionsergebnisse dafür. In seinem Blut hat man eine hohe Konzentration von Tavor gefunden. Dazu hat er eine halbe Flasche Rotwein getrunken. Das Merkwürdige dabei ist: Nach Angaben der Sekretärin hatte Dr. Wendland nie Alkohol getrunken. Selbst bei offiziellen Anlässen hatte er immer zu Antialkoholischem gegriffen. Alles ziemlich merkwürdig. Auch die Gerichtsmediziner haben ihre Zweifel, ob die Sache sich so zugetragen hat, wie es auf den ersten Blick scheint.

Der Polizeipräsident wurde ungeduldig: „Das Problem ist, wir haben jetzt zwei Tote, die wichtige Funktionen in dieser Stadt bekleidet hatten. Wir müssen so rasch wie möglich Fakten liefern, um weitere Spekulationen zu verhindern. Es ist schon schlimm genug, dass man die Sache mit dem Großbordell im Zusammenhang mit Rehbergers Tod wieder breitgetreten hat. Die Spekulationen schießen jetzt schon wild ins Kraut. Wenn jetzt noch bekannt wird, dass es bei der Rheinbank Probleme gab, die mit einem Toten endeten, was dann? Die Zeit läuft uns davon."

Kurz nachdem die beiden Kriminalbeamten den Raum verlassen hatten, klingelte Mandels Apparat. Die Stimme des Oberbürgermeisters klang ziemlich aufgeregt. Er hatte erfahren, dass die Polizei im Fall von Dr. Wendland die Möglichkeit eines Mordes nicht ausschloss. Mandel bemühte sich um einen sachlichen Ton. Der Polizeichef teilte dem OB mit, dass er eine zweite Pressekonferenz für den folgenden Donnerstag einberufen hatte. Bis dahin wüssten sie mehr über die Hintergründe des Todes von Dr. Wendland. Das Stadtoberhaupt solle sich bis dahin gedulden. Er könne zum gegenwärtigen Zeitpunkt zu den Todesursachen noch keine Angaben machen.

Der bewusste Donnerstag rückte schnell näher, ohne dass Mandels Wunsch nach klaren Fakten in Erfüllung ging. Hannes und sein Team arbeiteten unter Hochdruck, aber sie waren bei der Spurenauswertung immer noch nicht weitergekommen.

Zahlreiche Journalisten waren angereist. Sogar aus Berlin war ein Reporter gekommen. Die Sensation, dass gleich zwei wichtige Mannheimer Funktionsträger ums Leben gekommen waren, lockte die Boulevardpresse an.

Der Pressesprecher der Polizei hatte die Fakten in einer Presseerklärung zusammengefasst, unter der zu lesen stand. „Es gilt das gesprochene Wort." Diese Presseerklärung verteilte er unter den Journalisten. Außer den Polizeibeamten waren Dr. Isolde Werner und der Oberstaatsanwalt Dr. Kohlhaas anwesend.

Punkt 10 Uhr begann die Pressekonferenz. Bauer berichtete über die Spuren, die bisher im Fall Rehberger gesichert worden waren.

Anette ergänzte Bauers Bericht mit Informationen über die engagierte Tätigkeit des Stadtrates. Sie erwähnte Rehbergers Engagement gegen ein Großbordell. Bauer schielte zum Oberstaatsanwalt hinüber und versuchte, aus dessen Miene den Eindruck abzulesen, den Anettes Bericht auf ihn gemacht hatte. Ihm schien, als sei er mit der von Anette angedeuteten Motivlage sehr zufrieden.

„Gibt es einen Zusammenhang zwischen dem Tod Rehbergers und dem Selbstmord Dr. Wendlands?", wollte der Chefredakteur des *Mannheimer Tagblatts* wissen.

„War es überhaupt Selbstmord?" Diese Frage, die aus der

Mitte des Publikums kam, machte den Polizeipräsidenten unruhig. Er blickte sich suchend im Publikum um und entdeckte einen etwa 40-jährigen Mann mit einer Nickelbrille. Die Haare grau meliert. Er trug eine bereits in die Jahre gekommene Lederjacke. Dieser Mann hatte eine weite Anreise gehabt und war vermutlich die ganze Nacht unterwegs gewesen. Er kam aus Berlin, wie Mandel der vor ihm liegenden Anwesenheitsliste entnahm. Der Polizeichef ergriff das Wort und antwortete kategorisch: „Es gibt bis jetzt keine Spuren, die auf ein Fremdeinwirken schließen lassen."

Den Berliner Journalisten befriedigte diese Antwort nicht. Er setzte nach: „Nach meinen Informationen ergibt die Spurenlage ein ähnliches Bild wie im Falle Barschel und da ist man sich auch bis heute nicht sicher, ob es vielleicht doch Mord war und nicht Selbstmord."

Der Polizeipräsident wurde durch das Insiderwissen des Journalisten zunehmend unsicherer. Er schaute mit grimmigem Blick seine ermittelnden Beamten an.

„Wir ermitteln in alle Richtungen. Noch können wir ein Fremdeinwirken nicht ausschließen. Obwohl, wie gesagt, wir bis jetzt noch keine Spuren haben, die darauf hindeuten."

Der Frager meldete sich wieder zu Wort: „Nach meinen Informationen wurde im Blut von Wendland eine hohe Konzentration eines Beruhigungsmittels mit der Bezeichnung Tavor gefunden. Die gleiche Substanz fand man auch damals im Blut von Uwe Barschel. Auch er lag in der Badewanne und hatte eine angebrochene Flasche Rotwein vor sich stehen."

Jetzt gab es eine ziemliche Unruhe unter den anwesenden Journalisten. Die Polizisten und der Oberstaatsanwalt steckten die Köpfe zusammen. „Woher hatte dieser Mann seine Informationen?“

„Zu solchen Spekulationen nehme ich keine Stellung“, sagte der Polizeipräsident schließlich laut und erhob sich. Damit war das Ende der Pressekonferenz faktisch angekündigt.

„Ich danke Ihnen, meine Damen und Herren. Wenn Sie weitere Fragen haben, wenden Sie sich an unsere Pressestelle. Herr Freiberger, unser Pressesprecher, ist für Sie jederzeit ansprechbar.“

Der Angesprochene erhob sich von seinem Platz und lächelte freundlich.

Auf dem Rückweg zu den Büros spürte Bauer deutlich, wie sich Mandel auf die Lippen biss, um nicht laut loszubrüllen. Seiner Wut machte Mandel Luft, als er endlich mit den beiden ermittelnden Kommissaren allein war: „Woher hat dieser Mann seine Informationen? Gibt es eine undichte Stelle im Haus? Die kriminaltechnische Abteilung? Die habe ich bisher immer für sehr zuverlässig gehalten. Aber bei den Detailkenntnissen des Berliner Journalisten ist es eindeutig, dass sie eigentlich nur von dort kommen können.“

Bauer und Anette zuckten die Schultern, als Mandel sie fragend ansah. Dann griff er zum Telefonhörer. „Jemand von den Kriminaltechnikern soll zu mir kommen“, brüllte er in die Leitung.

Nach etwa 10 Minuten stand Hannes im Büro des Chefs. Mandel hatte sich schon etwas beruhigt, aber war immer noch geladen genug, als er Hannes mit dem Vorwurf konfrontierte, Dienstgeheimnisse an die Presse weitergegeben zu haben.

Hannes wurde bleich: „Ich mache hier schon viele Jahre meine Arbeit. Und für die Kolleginnen und Kollegen der Abteilung möchte ich ebenfalls die Hand ins Feuer legen. Aus unserer Abteilung ging nichts raus. Das steht für mich absolut fest. Es gibt da noch andere Kanäle. Am Tatort waren ja viele Leute: die Zeugen, die sich auch ihre Gedanken machen und Schlussfolgerungen ziehen. Ein guter Journalist kann eins und eins zusammenzählen.

Ob es nun Mord oder Selbstmord war, wir arbeiten auf Hochtouren, aber zum jetzigen Zeitpunkt können wir weder das eine noch das andere definitiv ausschließen."

„Wenn das Mord war", erregte sich Mandel, „wäre das furchtbar. Zwei Morde in kurzer Zeit, die vermutlich in irgendeinem Zusammenhang miteinander stehen. Haben Sie noch etwas über diese Firma herausbekommen, die Rehberger auf seinem Streifzug nach Speyer beobachtet hat?"

Anette schüttelte den Kopf. „Auch über die junge Frau, die dort gearbeitet hat, wissen wir noch nicht viel mehr als das, was ich Ihnen bei unserer letzten Besprechung gesagt habe."

Zornig verabschiedete Mandel die drei Beamten aus seinem Büro.

Anette und Bauer teilten sich die Arbeit auf. Auf den Polizisten kam die Aufgabe zu, sich erneut mit der Staatsanwältin Dr. Werner in Verbindung zu setzen. Sie hatte am Morgen angerufen und um ein Gespräch gebeten.

24

Die Staatsanwaltschaft befand sich in einem verklinkerten Gebäude am Rande der Stadt. Frau Dr. Werner hatte ihr Büro im oberen Stockwerk. Während des Wartens konnte Bauer aus dem Fenster einem Pferderennen zuschauen, denn die Rennbahn lag dem Dienstgebäude gegenüber.

Die Staatsanwältin begrüßte Bauer freundlich und berichtete, dass sie jetzt auch offiziell in den Fall einbezogen sei. Sie könne jetzt also endlich Petersons Geschäften, die ihr sehr merkwürdig vorkämen, auf den Grund gehen.

„Die ganze Zeit über hatte ich das Gefühl, man will mich aus diesen Ermittlungen raushalten, weil man befürchtet, ich würde etwas gegen Peterson unternehmen, was ihn vielleicht dazu bringt, gewisse Investitionspläne, die er bezüglich Mannheim angedacht hat, aufzugeben. Das möchte ich natürlich vermeiden für den Fall, dass er wirklich sauber ist."

Bauer lehnte sich auf dem bequemen Sessel zurück und hörte zu.

„Sie wissen, dass Peterson zusammen mit unserem jetzigen Oberbürgermeister in Harvard studiert hat?"

Bauer bejahte diese Frage. Das pfiffen alle Mannheimer Spatzen bereits von den Dächern.

„Die beiden kennen sich von dort. Peterson hat Frischs Wahlkampf in Mannheim mit mehreren zehntausend Euro unterstützt. Als Peterson aus Amerika zurückkam, war er ein armer Schlucker. Er gründete zunächst eine Verwertungsgesellschaft für Altmetall. Diese Firma etablierte sich aufgrund der weltweiten Metallkrise in den 90er-Jahren ziemlich gut und bildete den Grundstock für Petersons weitere Unternehmungen. Wir wissen nicht wie, aber irgendwoher kam auf einmal ziemlich viel Geld, ein Kapital, das ihn zu einer großen Nummer am Neuen Markt machte. Wir vermuten, aber das ist bisher nicht mehr als nur eine Vermutung, dass diese Kapitalspritze aus kriminellen Quellen stammt."

„Aber wozu dann dieser 100-Millionen-Kredit von der Rheinbank? Der wäre doch dann ziemlich unnötig", wollte Bauer wissen.

„Die Kredite bei der Rheinbank sind für Peterson sehr günstig. Wenn er sie richtig einsetzt, kann er sehr viel Geld verdienen. Es gibt aber auch Gerüchte, denen zufolge er dringend Geld braucht. Was sein Eigenkapital anbelangt, scheint es nicht zum Besten zu stehen. Angeblich hätte er durch Fehlspekulationen sehr viel Geld verloren. Wie viel ist uns genauso unbekannt wie die Höhe seines eigentlichen Vermögens."

Bauer hielt den Atem an: „Sie wollen doch jetzt nicht etwa sagen, dass die Peterson AG sich hier in Mannheim so dicktut, weil sie hier eine Möglichkeit sieht, ihr verlorenes Kapital zurückzugewinnen?"

„Sie werden lachen, Herr Kommissar, genau so sieht es für mich aus. Nur kann ich das noch nicht beweisen. Aber für mich passt da vieles in dieses Bild, was mir ansonsten unlogisch vorkäme. Ich kam durch Rehberger zu dieser Überzeugung. Der hat ja eine ganze Zeit lang geglaubt, Peterson sei ein Waffenschieber. Er hat das überall herumerzählt. Dann hat er auf einmal diese Vermutung über den Haufen geworfen. Kurze Zeit später war er tot. Was folgern wir daraus? Rehberger ist hinter die eigentlichen Machenschaften unseres Herrn Peterson gekommen."

„Hat Rehberger mit Ihnen über seine Mutmaßungen gesprochen?"

„Er sagte, er würde mit mir erst darüber sprechen, wenn er Beweise hätte. Er hätte jemanden kennengelernt und sei der Wahrheit auf der Spur. Am Montag würde er anrufen, dann könne er mehr sagen."

„Diejenige, die er da wohl kennengelernt hat, wird sicher diese kroatische Frau gewesen sein, nach der wir nun schon seit einigen Wochen erfolglos suchen."

„Ja, das ist durchaus möglich", pflichtete ihm die Staatsanwältin bei.

Sie brachte Bauer noch bis zur Portiersloge und verabschiedete sich dort von ihm. „Halten Sie mich über Ihre weiteren Ermittlungen auf dem Laufenden", bat sie.

„Gerne, Frau Staatsanwältin. Und wenn Sie in Sachen Peterson auf neue Erkenntnisse stoßen, teilen Sie mir diese bitte auch gleich mit." Die Staatsanwältin versprach es. Bauer ging zum Parkplatz und fuhr umgehend zum Präsidium zurück.

25

Nicht nur bei der Staatsanwaltschaft, sondern auch im Konferenzsaal der Polizei, wo nach der Pressekonferenz noch Zeitungsleute geblieben waren, wurden spannende Informationen ausgetauscht. Andreas

Schwarz, der Berliner Journalist, erfuhr dort von Zusammenhängen, über die nichts im Polizeibericht zu lesen war.

Mit Mannheim verbanden Andreas Schwarz einige Episoden seines nunmehr 50-jährigen Lebens. Er hatte vor langer Zeit an der Fachhochschule für Sozialwesen studiert und hatte auch einige Jahre in Mannheim als Sozialarbeiter gewirkt. Dann war er nach Berlin umgezogen und hatte den Beruf gewechselt.

Nach Mannheim kam er von Berlin aus immer noch regelmäßig. Vor allem im Frühjahr, denn um diese Jahreszeit war es in den Wäldern am Rhein am schönsten. Während dieses Aufenthaltes hatte er von der Pressekonferenz erfahren.

Er konnte sich zunächst keinen Reim auf die Ermordung des Stadtrates machen und noch weniger auf den rätselhaften Tod des Bankdirektors. Erst recht nicht, als er erfuhr, dass die Begleitumstände von Dr. Wendlands Tod ähnliche waren wie bei Uwe Barschel.

Er verschaffte sich einen Termin beim Fraktionsvorsitzenden der Grünen.

Delius war ziemlich offen zu Schwarz, weil er die Zeitung, für die er arbeitete, sehr schätzte. Er erzählte ihm alles, was er über Rehbergers Arbeit wusste. So erwähnte er das Vorhaben der Peterson AG, sich in der Stadt anzusiedeln. Rehberger und die Grünen seien dagegen gewesen, dass im Zuge dieser Neuansiedlung der Flughafen ausgebaut würde.

Im Internet recherchierte Schwarz weiter und fand bald die Zusammensetzung des Vorstandes der Peterson AG heraus. Dabei stieß er auf einen ihm bekannten Namen: Luigi Saturini, der auch beim Berliner Bauskandal seine Finger im Spiel gehabt hatte.

Mit den größten Befürchtungen hatte sich Schwarz dann auf den Weg zur Pressekonferenz gemacht.

Schwarz hatte gelächelt, als er Mandels Nervosität bemerkte. Das hatte ihm gezeigt, dass er mit seinen Fragen den wunden Punkt getroffen hatte. Die Polizei hatte wahrscheinlich längst erkannt, was im Falle Dr. Wendland gespielt wurde.

Als die Pressekonferenz zu Ende gewesen war, war Schwarz noch einen Augenblick sitzen geblieben und hatte die Hektik beobachtet, die Mandels Mitarbeiter erfasst hatte. Die beiden ermittelnden Beamten hatten sich um ihren Chef geschart und mit raschen Schritten den Konferenzraum verlassen. Wieder musste Schwarz lächeln. Er hatte also mit seiner Frage für Unruhe gesorgt. Er schaute den Damen zu, die den Saal wieder in Ordnung brachten, Geschirr und die überzähligen Presseerklärungen einsammelten, die der übereifrige Pressesprecher auf den Tischen verteilt hatte.

Schwarz war aber nicht der Einzige, der noch im Saal geblieben war. Ein paar Stühle weiter saß eine ältere Dame mit grauen, zurückgekämmten Haaren. Auf dem Hinterkopf liefen diese Haare in einem Knäuel zusammen, der rund und fest wirkte. Sie hatte sich erhoben und war auf Schwarz zugegangen: „Anita Engel“, stellte sie sich vor.

Anita Engel arbeitete für eine große Tageszeitung, die in Karlsruhe erschien, und war eine gute Bekannte von Rehberger gewesen. Er hätte mit ihr mehrfach über die Peterson AG gesprochen. „Zunächst dachte er ja, es seien Waffengeschäfte. Meinen Sie, da könnte was dran gewesen sein?“, wollte sie von Schwarz wissen.

„Möglich wäre das, aber ich halte es nicht für sehr wahrscheinlich. Ich vermute andere Ursachen. Geldwäsche zum Beispiel. Geldwäsche in sehr großem Stil meine ich.“

Sie nickte: „Auch Rehberger hat das vermutlich herausbekommen. Er hat mich zwei Tage vor seiner Ermordung angerufen und gesagt, dass er die ganze Zeit einem Phantom nachgejagt habe. Es gäbe da überhaupt keine Waffen und kein kriegswichtiges Gerät. Die Sache verhielte sich nämlich ganz anders und ich würde darüber sehr erstaunt sein, wenn ich die Hintergründe erführe. Aber er sei sich über einige Zusammenhänge noch nicht ganz sicher und ich solle mich noch ein paar Tage gedulden. Dann würde Licht ins Dunkel kommen. Und außerdem sei da noch eine Person – ich habe ihn diesbezüglich nicht genau verstanden. Er sagte, er hätte mit einer jungen Frau zusammengearbeitet, die seit einiger Zeit verschwunden sei. Er wolle sie auf keinen Fall in Gefahr bringen."

Schwarz bedankte sich bei der Kollegin für die Information und tauschte mit ihr die Visitenkarten aus. Am nächsten Tag musste er wieder nach Berlin zurück. Sein Urlaub war zu Ende und in der Redaktion wartete eine Menge interessanter Aufgaben auf ihn.

26

Regen machte dem Pensionär Kurt Mair nichts aus. Im Gegenteil, der Wald war dann menschenleer. Das ideale Wetter für einen Spaziergang mit dem Hund. Er zog seine Regensachen an und ging über den Hof.

Mair wohnte am Haardtrand. Er hatte seinen grauen Filzhut aufgesetzt. Seine Wanderstiefel waren gut verschnürt. Hinter dem Haus begannen gleich die Weinberge.

Der Mann ging auf dem Asphaltweg an den nassen Weinbergen entlang bis zum Waldrand. Die Stauden standen bereits in voller Blüte.

Hinter dem Parkplatz begann gleich der Anstieg. Zwei Stunden wanderte er durch den Regen, bis er endlich die Waldgaststätte *Lambertskreuz* erreichte.

In der Blockhütte gab es lokale Gerichte wie Leberknödel und Saumagen, sowie einen guten Wein, der von Winzern aus der Umgebung geliefert wurde. Mair war an diesem Tag der einzige Gast.

Der Wirt blickte erstaunt auf, als er das Lokal betrat. Mit einem Wanderer hatte er an diesem verregneten Tag nicht mehr gerechnet. Er hatte es sich in der hinteren Ecke des Lokals bequem gemacht und arbeitete an seiner Buchführung.

Mair bestellte eine Portion Leberknödel und einen trockenen Riesling. Das schien ihm das Einfachste. Aus der Küche hörte er Geräusche. Wahrscheinlich machte sich die Köchin sofort an die Arbeit, als sie die Bestellung aus dem Lokal hörte. Bernie, der Hund, hatte es sich gleich unter dem Tisch bequem gemacht. Er schien erschöpft. Mit seinen 12 Jahren war er nun auch nicht mehr der Jüngste.

Dem Wirt war Mair kein Unbekannter. Er unterhielt sich öfter mit ihm, wenn er den Berg heraufkam. Jetzt war er länger nicht mehr da gewesen und er erkundigte sich, ob er krank gewesen sei. Der Angesprochene verneinte.

Nachdem er gegessen und die Rechnung bezahlt hatte, brach Mair wieder auf.

„Na, geht's weiter?", fragte der Wirt.
„Nein, ich gehe wieder zurück. Oben am Drachenfels ist es

mir heute doch zu gefährlich. Ich gehe durchs Modenbachtal. Das scheint mir jetzt sicherer."

Der Wirt nickte zustimmend. „Aber passen Sie trotzdem auf. Seit die Schänzelstraße gesperrt ist, fahren dort keine Autos mehr. Wenn Ihnen dort was passiert, kommt auch keine Hilfe."

„Na, wenigstens geht's dahin bergab." Mair machte sich auf den Weg. Sein Hund rannte wie üblich voraus und schnupperte in den Hecken herum. Nach etwa zwei Kilometern erreichte er den Abzweig ins Modenbachtal hinunter. An sonnigen Frühlingstagen traf man hier zahlreiche Wanderer, aber in den letzten Wochen war es dort ziemlich einsam. Nicht nur des Wetters wegen, sondern auch, weil die Leute nicht mehr zum Parkplatz am Waldrand fahren konnten, da die Straße gesperrt war. Als Mair am Parkplatz ankam, vermisste er seinen Hund. Laut rief er: „Bernie!" Nichts rührte sich. Plötzlich hörte er ein leises Bellen, eher ein Knurren. Es war sein Hund. Etwas kam ihm unheimlich vor. Wie ein Ritter mit gezücktem Schwert – er hielt seinen Spazierstock wie eine Waffe – drang der Pensionär in das Gestrüpp am Rand des Parkplatzes vor. Dort sah er, was Bernie so erregte. Der Hund stand vor einer halb verscharrten Leiche. Wildschweine hatten den Körper einer Frau ausgebuddelt. Der Anblick war schauderhaft. Mair zuckte zusammen.

27

„Das werden wir unmöglich durchsetzen können.“ Der Verkehrsdezernent Niccolo schüttelte energisch den Kopf. Der Regen trommelte gegen das Rathausfenster.

Frisch lächelte und sagte nur: „Doch! Meiner Meinung nach geht es mit Mannheim nur vorwärts, wenn wir dem Flughafen weitere Flächen erschließen, ansonsten stagnieren wir.“

Der Baubürgermeister Ohlhausen, der bei diesem Gespräch ebenfalls anwesend war, stimmte ihm zu. Ohlhausen war Niccolos Meinung nach ein Opportunist. Früher, unter Klose, war er ein vehementer Gegner des Flughafenausbaus gewesen. Seit Frisch im Amt und seit die öffentliche Meinung in puncto Flughafenausbau umgeschwenkt war, hatte er sich den neuen Gegebenheiten angepasst. Ohlhausen war jetzt ein energischer Befürworter des Flughafenausbaus.

Niccolo griff ihn deswegen oft an: „Letztes Jahr haben Sie doch noch gesagt, man könne den Flughafen nicht über die Bundesstraße 38a hinaus ausbauen, erinnere ich mich da falsch?“

„Das stimmt“, pflichtete der Angesprochene bei. „Ihre Erinnerung trügt Sie an dieser Stelle nicht. Aber damals gab es noch keine solchen Perspektiven wie heute. Heute können wir sagen – wenn uns die B 38a stört, verlegen wir sie einfach unter die Erde.“

Niccolo lachte bissig: „An dieser Stelle ein Tunnel, das kostet zig Millionen, wo sollen wir die denn hernehmen? Wir sind doch jetzt schon fast pleite und haben bald eine Milliarde Schulden.“

Ohlhausen winkte ab. „Das ist doch kein Problem. Es gibt doch Infrastrukturzuschüsse vom Land und außerdem bringt uns der Flughafen was. Wenn die Peterson AG nach Mannheim kommt, ist die Kuh vom Eis. Und Peterson, das weiß ich von ihm selbst, macht den Umzug vom Ausbau des Flughafens abhängig. Wenn wir in diesem Punkt auf ihn zugehen, haben wir einen neuen, potenten Gewerbesteuerzahler, um den man uns beneiden wird. Schauen Sie den Aktienkurs an, Herr Kollege. Letzte Woche stand er bei 102 Euro. Heute steht er bei 162. Das sagt doch alles."

Der Oberbürgermeister nickte eifrig.

„Das sehe ich genau so wie Sie, Ohlhausen. Und den Niccolo werden wir auch noch auf unsere Seite ziehen. Es wäre doch wider alle Vernunft, da noch zu zögern."

„Wenn ich mich für einen Moment nur, verstehen Sie mich richtig, nur für einen Moment, auf Ihren Standpunkt stelle. Wenn ich mir ausmale, dass der Flughafenausbau etwas brächte, weil dadurch solch potente Investoren wie Peterson für Mannheim gewonnen werden könnten, dann habe ich immer noch große Bedenken, ob die Ausweitung des Flughafens, der in seiner jetzigen Größe schon ein Problem für viele Anwohner darstellt, politisch in dieser Stadt durchsetzbar wäre. In zwei Jahren sind die nächsten Kommunalwahlen und der Flughafenausbau wäre geradezu eine Steilvorlage für die Grünen. Die werden ihre Mandate doch glatt verdoppeln, wenn wir so was machen. Der Delius wird sich freuen."

„Aber, Herr Niccolo", beruhigte ihn Frisch, „das ist doch wirklich kein Problem. Bis dahin werden die Grünen ganz auf unserer Seite sein. Der Kollege Kohler geht nächstes Jahr in den Ruhestand, dann haben wir einen Dezernentenposten frei. Den besetzen wir dann mit Delius. Delius hat seine Leute im Griff. Das habe ich schon gemerkt. Und der Preis für den Deal wird sein, dass er seine Leute ruhig hält. Die paar Bürgerinitiativen, die sich dann bilden werden, mit denen werden wir leicht fertig. Was werden sie tun? Sie werden Unterschriften sammeln und vielleicht gegen das Projekt klagen, wenn sie das Geld zusammenbekommen. Damit hat sich's. Das wird unangenehm sein, aber wir leben nun mal in einer Demokratie. Und am Ende werden wir gewinnen, weil die wirtschaftliche Vernunft auf unserer Seite ist."

Niccolo schwieg. Er hatte keine Argumente mehr gegen den forschen Oberbürgermeister. Die Politik funktionierte unter ihm nach ganz anderen Maßstäben als vorher. Und gab ihm der Erfolg nicht recht?

Niccolo, der auf der Verwaltungsbank der Einzige war, der dem Oberbürgermeister bisweilen widersprach, hatte einen schweren Stand. Man besprach noch einige, im Vergleich zur Flughafenproblematik eher belanglos erscheinende Themen. Gegen elf war die Dezernentenkonferenz beendet und die beiden Herren verabschiedeten sich von ihrem Chef.

28

Der Regen trommelte immer noch gegen das Fenster. Nach den schönen Sonnentagen in der vergangenen Woche war Frisch jetzt vom Wetter enttäuscht. Für's Wochenende hatte er sich vorgenommen, mit seiner

Segeljacht ein Stück den Rhein hinaufzufahren. In seinen norddeutschen Jahren hatte er segeln gelernt und in Harvard war er ein geschätztes Teammitglied bei den Großseglern gewesen, die an internationalen Regatten teilnahmen. Sogar in Australien war er mit dabei gewesen. Dort hatte sein Team einen Ehrenplatz errungen. Aber das war lange her. Der Ruhm vergangener Jahre war längst verblasst. Jetzt blieb ihm nur noch der Rhein. Ein schöner Fluss zwar, aber in seinen Möglichkeiten für einen Segler doch sehr begrenzt.

‚Ebenso wie die Stadt, die ich regiere', dachte Frisch. ‚Einen Haufen Idioten ohne Visionen, bedauerlich.'

Frisch lächelte. „Ich darf ja nicht undankbar sein. Diese Stadt hat mir eine Zukunft geboten. Die Deutsche Bank – dort wäre ich auf der mittleren Führungsebene verhungert. Die Mannheimer haben meine Qualität erkannt. Auch diese Wasserköpfe in der Verwaltung werde ich noch kleinkriegen."

In diesem Moment klingelte sein Telefon. Frau Satorius stellte durch.

Am anderen Ende der Leitung hörte er die Stimme von Bankdirektor Dr. Berger.

„Sie müssen entschuldigen, Herr Oberbürgermeister. Aber ich habe ein paar Fragen an Sie. Kann ich gleich bei Ihnen vorbeikommen? So was lässt sich schwer am Telefon bereden." Der Bankdirektor wirkte nervös.

„100 Millionen Euro sind ja auch kein Pappenstiel", erklärte Berger, als er sich etwa eine halbe Stunde später in den Besuchersessel von Frisch fallen ließ. Dr. Berger war ein gewichtiger Mann, nicht nur an Einfluss in der regionalen Wirtschaft, auch an Körpermasse. Er wog über zwei Zentner. Den Eindruck dieser Gewichtsmasse kompensierte er durch sehr ausgewählte, geschmackvolle Kleidung.

„Was meinen Sie damit, Herr Dr. Berger?"

„Na ja, 100 Millionen Euro, das ist ungefähr ein Drittel unseres Eigenkapitals. Wenn wir das den Rhein runterspülen, können wir dichtmachen. Glauben Sie mir, Herr Peterson hat mir in letzter Zeit einige schlaflose Nächte bereitet und jetzt das."

Der Oberbürgermeister schaute seinen Besucher fragend an. „Haben Sie etwa Angst, dass Sie von Peterson Ihr Geld nicht mehr zurückbekommen?"

Dr. Berger nickte mit seinem massigen Schädel. „Genau darum handelt es sich. Bis jetzt sieht ja alles sehr gut aus. Die Aktien stehen hervorragend, im Moment läuft es ja allgemein wieder etwas besser als vor einem Jahr, aber dennoch, ich mache mir Sorgen."

„Diese Sorgen sind sicher unbegründet", entgegnete der Oberbürgermeister entschieden. „Ich kenne Peterson schon seit vielen Jahren. In Harvard war er ja nicht gerade eine große Leuchte, aber von der Praxis versteht er was. Er hat in kürzester Zeit eine Firma aufgebaut, die bald zu den DAX-Unternehmen gehören wird."

Frau Satorius brachte Kaffee und Gebäck. Die beiden Herren schwiegen, solange die Sekretärin im Raum war. Kaum hatte sie die Tür hinter sich geschlossen, legte der Bankier seine Sorgen auf den Tisch.

„Sie wissen, Herr Oberbürgermeister, die Mannheimer Wirtschaft ist für mich ein offenes Buch. Und ich kenne hier so ziemlich jeden, der Rang und Schulden hat. Vor allem den Hafendirektor Schulz kenne ich recht gut. Den traf ich kürzlich bei einem Essen und bei dieser Gelegenheit kamen wir ins Gespräch. Eines der Themen, das wir bei dieser Gelegenheit besprochen haben, drehte sich um Petersons neues Lagerhaus im Hafen. Seit Kurzem betreibt doch Peterson dort ein eigenes Logistikunternehmen?"

Der Oberbürgermeister nickte zufrieden.

„Peterson braucht doch diese Lagerhallen für schwere Maschinen, die er über Rotterdam in die Emirate verschifft?" Dr. Berger sah Frisch gespannt an.

Der Oberbürgermeister nickte bestätigend, diesmal aber etwas unsicherer, denn er wusste nicht, worauf der Bankdirektor hinauswollte.

„Und außer in Mannheim gibt es keinen anderen Hafen, über den er seine Maschinen in alle Welt transportiert?"

Frisch bestätigte dies.

„Sehen Sie, Herr Oberbürgermeister, genau das ist der Punkt, der mich gerade sehr beschäftigt. Mein Freund, der Hafendirektor, sagte mir nämlich: In den Schuppen, in denen angeblich die großen Anlagen für den Versand vorbereitet werden, läge tonnenweise Schrott."

„Was soll das heißen, Schrott?"

„Na, Altmetalle, wie bei dem Wertstoffbetrieb nebenan. Keine modernen Maschinen, sondern nur altes Zeug, das wegen des Materialwerts interessant ist. Zurzeit kann man damit in China große Gewinne erzielen. In den Emiraten wird dieses Zeug aber keinesfalls gebraucht. Vielleicht sind die Geschäfte, von denen uns Peterson erzählt hat, alle nur fingiert, um an unsere Einlagen zu kommen."

An dieser Stelle stutzte der Oberbürgermeister, obwohl der Bankdirektor hier eher ein Erschrecken erwartet hätte.

‚Vielleicht wird dieses Erschrecken noch kommen', dachte Dr. Berger und fuhr in seinem Bericht fort.

„Schulz hatte zuerst große Bedenken gehabt, Petersons Unternehmen im Mannheimer Hafen zuzulassen, weil er davon ausgegangen war, dass mit dem Güterumschlag, der bei einem Unternehmen dieser Größenordnung zu erwarten ist, die ganze Infrastruktur des Hafens überfordert wäre. Und er wollte schon bei der Landesregierung vorsprechen, um die Ansiedlung der Peterson AG im Hafen zu verhindern. Im Großen und Ganzen befürwortet er zwar die Ansiedlung größerer Firmen, aber zuerst wollte er den Containerhafen ausbauen. Dann könnten auch größere Schiffe die Lager hier nutzen. Solange das aber nicht der Fall sei, habe er die größten Sicherheitsbedenken."

Der Oberbürgermeister sah den Bankdirektor gespannt an. Dieser zögerte noch einen Augenblick, bevor er fortfuhr: „Ja, dann kam schließlich Peterson nach Mannheim und alle Befürchtungen von Schulz lösten sich in Luft auf. Die Infrastruktur brach nicht zusammen, alles blieb wie zuvor. Kaum ein zusätzliches Schiff kam wegen Peterson in den Rheinhafen."

Der Oberbürgermeister schluckte.

„Was hat das zu bedeuten?"

„Genau das hat sich der Hafendirektor auch gefragt und er schickte unter dem Vorwand der Überprüfung des Gebäudes einige seiner Sicherheitsingenieure in die Lagerhalle. Die berichteten ihm dann, dass die Hallen zwar modernisiert seien und dem neuesten Stand der Technik entsprächen, aber dass die Ingenieure keine einzige dieser ominösen Maschinen, die angeblich am Persischen Golf so dringend gebraucht würden, gefunden hätten."

Der Bankdirektor erwartete nun, dass Frisch nach dieser Information in Schreckensstarre verfallen würde, dass sein Gesicht erst grün, dann rot oder blau anlaufen und er laut aufschreien würde. Aber nichts von alledem geschah. Frisch blieb ruhig. Er lächelte sogar und schüttelte den Kopf.

„Schlau“, sagte er nach einer Weile des Schweigens und blickte dem Bankdirektor mit seinen hellen, blauen Augen ins Gesicht. „Wirklich sehr schlau, der alte Fuchs. Der hat was gelernt in Harvard und hat noch dazu den Mut, solche Erkenntnisse aus dem internationalen Business umzusetzen. Ich hätte nie gedacht, dass das funktioniert, aber scheinbar doch. Immerhin hat er damit bis jetzt Erfolg gehabt.“

Frischs Gelassenheit verunsicherte den Bankdirektor.

„Was meinen Sie damit, betrügt er uns etwa?“

„Betrug würde ich das nicht nennen. Peterson hat die Zeichen der Zeit erkannt. Der Aktienmarkt ist eine unerschöpfliche Quelle. Die Emirate sind im Aufbruch. Das alles wirkt ungeheuer elektrisierend auf die Investoren und Peterson schwimmt eben auf dieser neuen Welle mit. Das haben wir gelernt in Harvard. Im Seminar Finanzwirtschaft. Es kommt in der heutigen Wirtschaft nicht mehr in erster Linie auf den produktiven Sektor an. Gewinne werden heute an der Börse gemacht.“

„Wollen Sie damit etwa sagen, Peterson baut eigentlich gar keine Maschinen für die Baustellen am Persischen Golf?“

Der Oberbürgermeister lächelte, als er bemerkte, dass der Mannheimer Bankdirektor seinen komplexen finanzwirtschaftlichen Auslassungen nicht hatte folgen können.

„Nur zum geringen Teil wird er durch direkten Anteil an der Produktion sein Geld verdienen. Den weit größeren

Anteil verdient er an der Börse. Dieses Geld steckt er dann in Beteiligungen, sagen wir, er kauft wiederum Aktien von florierenden Unternehmen in anderen Branchen. Auf diese Weise entstehen ungeheure Kapitalvermögen, die sich sehr gut verzinsen. Und für die Investoren ist diese Form der Anlage sicher, weil das Risiko auf viele Branchen verteilt ist. Kommt es mal in einer Branche zu einer Flaute, wird ein eventueller Verlust durch eine positivere Entwicklung in anderen Bereichen kompensiert."

Jetzt erschrak Dr. Berger um so mehr. „Und der Schrott, wozu braucht er dann den Schrott?"

„Ach, das werden Restbestände von seiner ersten Firma sein. Er war ja ursprünglich im internationalen Wertstoffhandel tätig."

„Wenn ich das gewusst hätte, hätte ich der Kreditvergabe an dieses Unternehmen nie zugestimmt. Ich dachte, es handele sich, wie Sie versichert haben, bei der Peterson AG um ein grundsolides Maschinenbauunternehmen?"

Frisch versuchte, die Wogen zu glätten. „Ist es ja auch, beruhigen Sie sich doch. Die Geschäftsfelder haben sich nur in eine andere Richtung entwickelt und das zur Freude der Anteilseigner und Aktionäre. Peterson brachte das Unternehmen an die Börse, die Aktienkurse stiegen erfreulicherweise. Im Zuge dieses Erfolges verlagerte er die eigentlichen Produktionsstätten für die Maschinen immer mehr ins Ausland.

Er kaufte sich in China ein und produziert dort zusammen mit einem chinesischen Partner. Von dort aus gehen die meisten Anlagen direkt an den Golf, das Wenigste kommt aus Deutschland."

„Dann hat das also für Mannheim überhaupt keine Auswirkungen, wenn Peterson mit seinem Unternehmen ganz zu uns kommt", hakte der Bankdirektor nach.

„Sie meinen in Bezug auf die Arbeitsplätze?“ Dr. Berger nickte.

„Im Maschinenbau vielleicht nicht, aber ich hoffe im Dienstleistungs- und Servicebereich. Peterson wird eine hohe Gewerbesteuer zahlen. Geld, das wir dringend brauchen. Wir können den Wissenschaftsstandort Mannheim weiter ausbauen, die Universität fördern und vieles andere mehr. Wir können unsere Schulden abbauen und wir können arbeitsintensivere Projekte finanzieren, zum Beispiel im Bereich der erneuerbaren Energien.“
Frisch war jetzt wieder ganz der Wahlkämpfer und Dr. Berger, dem dieses Gehabe unangenehm war, verabschiedete sich bald.

Niedergeschlagen fühlte er sich, als er das Rathaus verließ. Er hätte Dr. Wendland doch genauer zuhören sollen und er hätte sich bei Insidern genauer erkundigen müssen. Stattdessen war er auf Frischs Gerede hereingefallen. Ein Stich ging ihm durchs Herz.

Die Bilanzen hatte er doch genau prüfen lassen und auch selber geprüft. Sie schienen in Ordnung gewesen zu sein. Es hatte eine hohe Deckung bestanden. Weit gestreuter Aktienbesitz und ein hoher Eigenkapitalanteil. ‚Es kann also nichts passieren‘, hatte Dr. Berger damals gedacht.

Nach dem Tod seines Kollegen hatte bei Berger ein Umdenkprozess eingesetzt, der ihn schließlich dazu brachte, Versäumtes nachzuholen und genauer nachzuforschen. So war es dazu gekommen, dass er sich an den Hafendirektor gewandt hatte.

Was Dr. Berger nach seinem Gespräch mit dem Oberbürgermeister nun am meisten beschäftigte, war die Frage, über welches Hintergrundwissen der Oberbürgermeister verfügte, das er bei den Verhandlungen mit Peterson nicht offengelegt hatte. Wenn er tatsächlich mehr gewusst hatte, als er preisgab, wäre er der Untreue schuldig und er würde auch gegen ihn Anzeige erstatten müssen.

Mit solchen Gedanken im Kopf ging Dr. Berger an der Portiersloge vorbei und atmete tief durch, als er endlich auf dem Parkplatz hinter dem Rathaus stand. Das Treppensteigen bereitete ihm Schwierigkeiten. Sein Arzt hatte ihm deshalb schon oft dazu geraten, er solle Gewicht abbauen.

Wie es Dr. Berger auch drehte und wendete: Der hohe Kredit an die Peterson AG gefährdete die Substanz seines Institutes. Das hatte Dr. Wendland richtig vorausgesehen und deshalb hatte er auch alles drangesetzt, um die Kreditvergabe zu verhindern. Leider war ihm das nicht gelungen. ‚In was habe ich mich da hineinziehen lassen?', fragte sich Dr. Berger kopfschüttelnd.

Der einzige Trost war für den Bankmenschen die ausgezeichnete Bilanz des Unternehmens. „Unter der Voraussetzung, dass die nicht gefälscht ist, steht Peterson als gesundes Unternehmen da", tröstete er sich. „Wenigstens auf absehbare Zeit brauchen wir uns darüber keine Gedanken zu machen."

Dr. Bergers Dienstwagen wartete bereits mit geöffneter Tür. Der Chauffeur stand bereit, sie zu schließen, sobald der Chef eingestiegen war.

Mit dem Fahrer stand der Bankdirektor seit vielen Jahren auf vertrautem Fuß. Er kannte dessen Familie, die Geburtstage der Kinder.

Der Bankdirektor stieg, so rasch es ihm möglich war, in

das Fahrzeug ein. Die Wagentür schloss sich hinter ihm. Er bedankte sich und war froh, als das Rathaus aus dem Rückspiegel, in den er verstohlen blickte, endlich verschwand.

29

Bauer hatte Dienst, als die junge Frau ins Polizeipräsidium kam. Eine attraktive Erscheinung, lange schwarze Haare, dunkle Augen, Augen, die traurig blickten. Sie sprach nur ein wenig Deutsch, aber sehr gut Englisch. Besser als Bauer selbst, wie er bald feststellen musste.

Sie suche ihre Schwester, gab sie zu Protokoll. Ähnlich sehe sie ihr, sagte sie und zeigte ihm ein Bild.

Bauer erschrak, denn er erkannte darauf die junge Frau aus dem Weinlokal. Die junge Frau, nach der auch er suchte: Rehbergers Begleiterin.

Wann sie denn ihre Schwester zum letzten Mal gesehen hätte, wollte er von der jungen Frau wissen.

„Das ist jetzt schon eine Weile her. Im letzten Winter. Damals war ich für ein paar Wochen in Mannheim zu Besuch. Nada hatte gerade ihre neue Arbeit begonnen. Sie hat bei einer Logistikfirma in Speyer gearbeitet. Einmal hat sie mich mitgenommen und mir ihr Büro gezeigt. Es befand sich etwas außerhalb. Der Chef war sehr nett und hat Nada sehr gemocht. Das hat man gemerkt."

Ob sie sich an den Chef erinnern könne, wollte er weiter wissen.

Der Chef sei ein Schweizer gewesen. Zumindest habe er

Schweizerdeutsch gesprochen. Sie kenne den Klang, denn sie hatte auf Hvar mal in einem Hotel gearbeitet, das einem Schweizer gehörte.

Nadas Chef hat sie sogar zum Essen eingeladen und ihnen den Speyerer Dom gezeigt, berichtete sie.

„Ich habe mit Nada fast jeden Sonntag telefoniert", erzählte Ivana.

„Aber seit einigen Wochen hat sie sich nicht mehr gemeldet. Ich habe oft versucht, sie zu erreichen. Einmal hatte ich einen Landsmann am Telefon, der sagte, dass meine Schwester ausgezogen sei. Er wisse aber nicht wohin. Ich mache mir Vorwürfe, dass ich erst jetzt komme und nach ihr suche. Aber ich hatte ein paar Probleme zu Hause. Ich habe mich von meinem Mann getrennt und der Scheidungstermin war vor einer Woche. Das hat mich alles ziemlich belastet. Aber jetzt, wo ich das alles hinter mir habe, bin ich gleich gekommen. Wissen Sie etwas über meine Schwester?"

Bauer beschloss, seine Vermutung bezüglich der Verschwundenen für sich zu behalten.

„Wie kann ich Sie erreichen? Ich werde Sie anrufen, sobald ich etwas über Ihre Schwester erfahre", versprach er, nachdem er ihr das Vermisstenprotokoll zur Unterschrift vorgelegt hatte.

Sie gab ihm ihre Handynummer. Zurzeit wohne sie in der Jugendherberge am Rhein, erklärte Ivana. Die sei recht günstig. Sie verabschiedete sich und Bauer begleitete sie noch zur Tür.

Sorgfältig tippte er die Vermisstenmeldung in den Computer und verschickte sie über die zentrale Suchdatei an alle Polizeidienststellen in der Bundesrepublik. Keine 30 Minuten später hatte er eine Antwort.

Er hätte sich ohrfeigen können, dass er nicht schon früher

auf diese Idee gekommen war, denn die Antwort kam vom Polizeipräsidium in Neustadt, einer Stadt, keine 40 Kilometer von Mannheim entfernt. Allerdings trennt die beiden Städte eine Landesgrenze und über Ländergrenzen hinweg gestaltete sich die polizeiliche Zusammenarbeit oft schwierig.

Das Dossier aus Neustadt enthielt einen Bericht über einen Leichenfund am Parkplatz im Modenbachtal. Bauer erinnerte sich an diese Gegend, die er einmal bei einer Wanderung im Wald entdeckt hatte. An einem Sonntag hatte ihm die Decke auf den Kopf zu fallen gedroht und er war in die Pfalz gefahren. Er war damals auf einem der markierten Wege bis eben zu jenem Parkplatz im Modenbachtal gewandert.

Die Frauenleiche, die man dort gefunden hatte, war nicht sehr tief vergraben gewesen, sodass Tiere den Körper aus der Erde hatten herausscharren können. Auf jene schon vor Tagen entdeckte Leiche passte die Beschreibung, die Ivana von ihrer Schwester Nada gegeben hatte, haargenau. Bauer sah die Bilder der Leiche und verglich sie mit dem Foto aus der Bar, das er in seinen Akten hatte. Die Tote im Wald war die Frau auf dem Bild von Fausts Weinbar.

Mittlerweile war Anette Schreiber im Polizeipräsidium eingetroffen. Sie kam von einer Tagung aus Rastatt. Bauer berichtete ihr von Ivanas Besuch und von dem Erfolg seiner Nachforschungen.

„Ja, das ist sie", bestätigte Anette, als sie das Foto der Frauenleiche auf Bauers Computermonitor sah.

Bauer hatte bereits mit den Neustadter Kollegen telefoniert.

Deshalb wusste er auch, dass die Mordwaffe eine Makarow war. Vermutlich dieselbe Waffe, mit der auch Rehberger getötet worden war. Auch der Tathergang sprach dafür: „Ein Schuss aus kurzer Distanz. Einwirkungen sexueller Gewalt konnten nicht festgestellt werden", berichtete Bauer sachlich.

30

Ivana hatte sich an das Seitenfenster gelehnt und weinte. Nun stand es eindeutig fest. Die Tote war ihre Schwester. Eigentlich hatte Bauer es ihr ersparen wollen, nach Neustadt mitzufahren und dort in der Pathologie ihre Schwester zu identifizieren, aber sie hatte darauf bestanden.

In der kurzen Zeit ihres Hierseins waren sie sich näher gekommen. Bauer hatte sie nach dem Gespräch mit Anette in der Jugendherberge aufgesucht und ihr angeboten, sie zu Familie Scheck zu bringen. Frau Scheck nahm die junge Frau gerne bei sich auf. Nachdem die erwachsenen Kinder ausgezogen waren, fühlte sie sich manchmal etwas einsam. Sie hatte zwar ihren großen Garten hinter dem Haus, aber die Arbeit war schnell getan.

Bauer hatte sie an diesem Morgen von den Schecks abgeholt und war mit ihr nach Neustadt gefahren. Es war ein herrlicher Sommertag, wie man ihn sich schöner nicht hätte vorstellen können. Am liebsten wäre er mit ihr durch den Wald gegangen oder zum Schwimmen zu einem der zahlreichen Baggerseen in der Rheinebene.

Vergangene Woche hatte Bauer zusammen mit Anettes Familie den Sonntag an einem dieser Seen verbracht. Bauer war ein paar Mal mit den Kindern weit hinausgeschwommen – schönes klares Wasser, das durch den Kies gefiltert wurde. Anfangs war das Wasser sehr kalt, aber nach wenigen Minuten hatte sich der Körper an diese Temperatur gewöhnt.

Die Pathologie war in einer Jugendstilvilla am Rande des Neustadter Zentrums untergebracht. Im Keller befanden sich die noch nicht identifizierten Toten. Der Gerichtsmediziner erwartete sie schon.

Er führte Ivana in einen kahlen Raum, in dessen Mitte ein Metalltisch stand, auf dem die Tote lag. Sie war mit einem Tuch zugedeckt und der Pathologe hob das Tuch etwas an, sodass Ivana das Gesicht der Toten sehen konnte. Bauer stand hinter ihr.

Sofort erkannte sie ihre Schwester und wollte sich auf sie stürzen. Bauer hielt sie eine Minute lang fest. Dann kniete sie vor ihrer toten Schwester nieder. Bauer ließ sie allein und ging aus dem Gebäude.

Nach etwa einer halben Stunde kam Ivana zu ihm. „Werdet ihr ihren Mörder finden?“

„Ich verspreche es“, sagte Bauer voller Wut im Bauch.

Er brachte Ivana wieder zu den Schecks.

Nachdem er ihr gesagt hatte, dass er dafür sorgen würde, dass die Schwester so schnell wie möglich zur Bestattung nach Zadar überführt werden kann, fuhr er ins Präsidium.

Die Sekretärin sagte ihm, dass Hannes ihn unbedingt sprechen wolle. Er warte auf seinen Anruf. Bauer wählte sofort dessen Nummer.

Mittlerweile war auch Anette Schreiber eingetroffen. Sie kam von einer Konferenz beim Chef. Mandel habe sich beschwert, weil immer noch keine konkreten Ergebnisse in dem Fall vorlägen, berichtete sie.

„Na, der wird sich bald wundern“, bemerkte Hannes, der in der Zwischenzeit dazugekommen war, lakonisch.

„Also“, fuhr er fort. „Ich bin jetzt schon seit zwanzig Jahren mit Mordfällen beschäftigt und hatte schon so manchen Fall darunter gefunden, der aussah wie ein Selbstmord, aber dann doch keiner war. Und im Fall von Dr. Wendland war alles perfekt arrangiert. Da hat sich jemand sehr gut ausgekannt mit der Routine bei solchen Fällen. Also, ich bin jedem einzelnen Fussel nachgegangen. Da passte etwas nicht zusammen, das habe ich gleich von Anfang an gespürt. Ihr erinnert euch? Ich hatte meine Zweifel.“

Hannes schaute seine beiden Kollegen fragend an. Bauer spürte, dass sein neuer Kollege immer sehr viel Bestätigung brauchte. Hannes dehnte die Gesprächspause bewusst aus, um die Spannung zu erhöhen.

„Ja“, sagte er schließlich, „und dabei stieß ich auf eine Substanz, mit der ich zunächst überhaupt nichts anfangen konnte. Erst nach einiger Zeit dämmerte es mir, dass es sich dabei um Blütenstaub handelt, und zwar um den Blütenstaub von einer Orchidee.“ Wieder machte Hannes eine bedeutungsvolle Pause.

„Dr. Wendland hat Orchideen gezüchtet“, fuhr er fort.

„Auf dem Balkon hatte er sogar ein ziemlich großes Gewächshaus mit sehr seltenen Exemplaren. Am Tag seines Todes muss er darin intensiv gearbeitet haben, denn wir fanden fast überall Blütenstaub in der Wohnung. Und dieser Blütenstaub wird dem Mörder trotz der Mühe, die er sich gegeben hat, um seine Spuren zu verwischen, jetzt zum Verhängnis. Wir können nämlich aufgrund des Blütenstaubs Wendlands Spuren in der Wohnung genau verfolgen.“

Wieder machte Hannes eine Pause. Dabei schaute er mit

dem triumphierenden Blick des Forschers, der eine nobelpreiswürdige Entdeckung gemacht hat.

„Dr. Wendland kam aus dem Gewächshaus und ging in die Küche. Dort hat er Tee zubereitet. Er saß wohl eine Weile auf dem Küchenstuhl. Dann ist er wahrscheinlich zur Wohnungstür gegangen und hat auf den Türöffner gedrückt.

Jemand muss gekommen sein, vermutlich der Mörder.

Auffällig ist, dass Wendland die Türkette entfernt hat. Die Person, die da kam, war ihm vermutlich bekannt, oder zumindest erweckte sie so viel Vertrauen, dass er den Schutz entfernte."

„Wenn er die Kette überhaupt vorgelegt hatte. Viele machen das nicht", wandte Anette ein.

„Das kann natürlich auch sein", gab Hannes zu. „Das ist aber für den weiteren Verlauf nicht so erheblich. Fest steht, dass der Mörder problemlos in die Wohnung eindringen konnte. Aus der Spurenlage können wir sehen, dass Wendland von der Wohnungstür ins Bad geschleift wurde."

Hannes klappte seinen Aktenordner auf, den er die ganze Zeit vor sich liegen hatte.

In jenem entscheidenden Moment bewegte sich die Spannungskurve, mit der Hannes seinen Vortrag unterlegte, auf ihren Höhepunkt zu. Die Fotos bestätigten die Fakten, die er vorgetragen hatte. Eindeutig waren hier Schleifspuren zu sehen, die über den Fußabdrücken lagen und diese sogar teilweise verwischten. Es gab kriminaltechnische Methoden, den Blütenstaub über ein Färbemittel sichtbar zu machen. Das ursprünglich weiße Pulver erschien dadurch feuerrot.

Hannes lächelte zufrieden, als er den Aktenordner Anette überreichte.

„Er wurde also zu Boden geschlagen oder auf andere Art

und Weise bewegungsunfähig gemacht. Dann wurde ihm ein Weinglas in die Hand gedrückt. Etwas zu fest vielleicht. So hält man doch kein Weinglas. Wie das Beruhigungsmittel in sein Blut kam, ist noch ziemlich unklar. Vielleicht wurde es ihm mit dem Wein eingeflößt. Jedenfalls, zusammen mit Alkohol bildet das Zeug eine tödliche Mischung, besonders bei der hohen Dosis, die man ihm verabreicht hat. Wie ich gleich zu Anfang vermutete, ist es das gleiche Zeug wie im Fall Barschel. Und bei Barschel, da ist ja bis heute immer noch nicht geklärt, wie die Sache genau vonstattenging. Gott sei Dank ist unser Fall hier klarer. Der Unterschied zum Mord an dem Politiker besteht nämlich darin, dass Barschel keine Orchideen gezüchtet hat und sich die ganze Sache in einem anonymen Genfer Hotelzimmer abgespielt hat."

Hannes nickte zufrieden, als er die Anerkennung in den Blicken von Anette und Bauer spürte.

„Ich lass' euch den Ordner da", räumte er großzügig ein. „Das sind nämlich Kopien. Die Originale stehen bei mir im Aktenschrank."

31

Oberbürgermeister Frisch wäre beinahe die Kaffeetasse aus der Hand gefallen, als er das *Mannheimer Tagblatt* vor sich ausgebreitet hatte und die Schlagzeile las. Dort stand in großen Lettern, dass die Polizei im Fall Dr. Wendland jetzt von Mord und nicht von Selbstmord ausginge. Die Kaffeetasse konnte Frisch gerade noch halten.

Einige Tropfen fielen aber doch auf die dicke Überschrift: „Mannheim – drei Morde in drei Wochen“

Auch über jenen dritten Mord erfuhr der Oberbürgermeister erst durch die Zeitung – eine junge Frau, die im Wald bei Neustadt verscharrt worden war und die offensichtlich mit Stadtrat Rehberger in Verbindung gestanden hatte.

„Wie passt das alles zusammen?“, fragte er sich. Er trank den Kaffee nicht aus, sondern bestellte sofort seine wichtigsten Vertrauten, Ohlhausen und Niccolo, zu sich.

Niccolo und Ohlhausen wussten natürlich längst Bescheid.

„Was hat das alles zu bedeuten?“, wollte das Stadtoberhaupt wissen. „Ein Mord an einem Bankdirektor, an einem Stadtrat und an dieser jungen Frau? Ich sehe da keinen Zusammenhang.“

„Die Staatsanwaltschaft und die Polizei aber wohl“, feixte Niccolo, dem es offensichtlich nicht unrecht war, dass Frisch nun endlich Schwierigkeiten bekam.

„Der rote Faden ist die Peterson AG“, fügte er hinzu und meinte: „Wir werden uns da auf einige unangenehme Fragen gefasst machen müssen.“

Frisch wusste nicht, ob er Niccolo trauen konnte. Er hielt sich in diesem Punkt lieber an Ohlhausen. „Ohlhausen“, versuchte sich Frisch zu versichern. „Sie waren doch in Speyer bei der Logistic International. Ist Ihnen dort irgendetwas aufgefallen, was mit den Morden hier in Verbindung stehen könnte?“

„Wie ich Ihnen bereits gesagt habe, hatte ich den Eindruck, dass die Logistic International ein ganz solides Unternehmen sei. Dass diese Firma dann so schnell die Schotten dichtgemacht hat, hat mich sehr verwundert. Nach unserem Gespräch vor ein paar Wochen habe ich nachgefragt. Es ging aber alles mit rechten Dingen zu. Die Liquidierung wurde ordentlich abgewickelt, die Steuern wurden pünktlich bezahlt und selbst die Miete bis zum Ende der Vertragslaufzeit beglichen. Formal ist da nichts zu beanstanden. Und auch bei der Peterson AG in Karlsruhe läuft alles ordentlich. Den Geschäftsbericht kann man ins Schaufenster stellen und an der Börse – Sie wissen ja, das Unternehmen steht gut da. Warum sollte sich Peterson also auf dunkle Machenschaften einlassen? Als diese Mutmaßungen bei einigen Grünen und Linken auftauchten, war mir das zunächst gar nicht verständlich. Zumal unsere Kollegen in Karlsruhe über unsere Abwerbungsversuche auch nicht sehr beglückt sind. Hätte die Firma Dreck am Stecken, sähe das sicher anders aus. In Karlsruhe wollen sie die Peterson AG unbedingt halten. Sie zahlt immerhin viele Millionen Gewerbesteuer im Jahr. Das ist schon was."

„Also, Sie können sich keinen Grund vorstellen, warum Peterson in diese ungeheuren Morde verwickelt sein könnte?", fragte Frisch.

Ohlhausen zögerte einen Augenblick mit seiner Antwort. Von seiner Art her war er eher zurückhaltend. Frischs bullige Art schüchterte den Baubürgermeister ein. Er war bereits unter Klose Baubürgermeister gewesen und liebte sein Amt. Außerdem hing er an Mannheim.

Nach dem Studium in Hamburg war er rasch wieder in seine Heimatstadt zurückgekehrt. Im Bauamt hatte er sich hochgearbeitet. Er hatte eine Familie gegründet. Seine zwei Kinder besuchten mittlerweile das Gymnasium.

Ohlhausen lebte mit dem Gefühl, dass jede Kritik an Frisch ihm seine Stellung kosten könnte, deshalb schwieg er meistens, selbst wenn er das Gefühl hatte, doch seine Meinung sagen zu müssen. Nun aber konnte er nicht mehr schweigen.

„Ehrlich gesagt", begann der Baubürgermeister zögerlich. „Mir ist damals schon aufgefallen, dass die in Speyer kaum Maschinen zum Verladen bereitgestellt hatten. Es waren höchstens zwei, mehr nicht. Und mit einer solch geringen Ausstattung machen die am Golf doch keinen Stich."

Der Oberbürgermeister wurde kreidebleich. „Alles Bluff", entfuhr es ihm.

„Alles Bluff", echote der Baubürgermeister. „Und wir alle sind darauf reingefallen?" Ohlhausen räusperte sich und entgegnete mit einem resignierten Ton in der Stimme: „Alle wohl nicht. Aber die, die nicht an Petersons große Geschäfte glauben wollten, sind bereits tot."

„Sagen Sie so was nicht, Peterson mag ein Betrüger sein, aber er ist kein Mörder", verteidigte der Oberbürgermeister den ehemaligen Kommilitonen.

„Was glauben Sie, wozu Menschen fähig sind, wenn sie sich in die Enge getrieben fühlen", mischte sich Niccolo ein.

„Ich habe es mir gleich gedacht. Peterson ist ein Betrüger. Er schwimmt auf einer Welle mit, hat Erfolg auf dem Börsenparkett und holt sich das, was er angeblich am Golf verdient, von den Aktionären."

„Und leider auch von der Rheinbank, die hängt ja mit 100 Millionen mit drin", rief der Baubürgermeister in Erinnerung.

„Um Gottes Willen", beschwor der Oberbürgermeister. „Wir müssen jetzt die Nerven behalten. Ermittlungen von Straftaten ist Sache der Polizei."

„Aber wir können der Polizei unser Wissen um eine mögliche Beteiligung der Peterson AG an den erschütternden Verbrechen nicht verheimlichen. Sonst machen wir uns mitschuldig."

„Herr Ohlhausen“, bat der Oberbürgermeister, „behalten Sie bitte die Nerven, es geht jetzt um unsere Stadt, um Mannheim. Wenn wir jetzt die Nerven verlieren, setzen wir deren Zukunft aufs Spiel. Glauben Sie mir, ich werde mit dem Polizeipräsidenten sprechen.

Ich kann Sie nur inständig darum bitten, Ihre Vermutungen für sich zu behalten. Wenn vorzeitig etwas von dem, was wir gerade besprochen haben, an die Öffentlichkeit dringt, dann wäre das sehr zum Schaden von uns allen. Bedenken Sie das bitte bei allem, was Sie jetzt sagen, wenn Sie dieses Zimmer verlassen.“ Frisch stand der Schweiß auf der Stirn.

Sowohl Niccolo als auch Ohlhausen waren sich der Verantwortung bewusst, die sie auf ihren Schultern trugen, und nickten stumm. Keiner der beiden hatte ein Interesse daran, die Peterson AG abstürzen zu sehen, denn das würde die Rheinbank in eine sehr gefährliche Schieflage bringen, und da die Rheinbank zu 100 % städtisch war, auch die Stadt selbst. Daran konnte niemand interessiert sein. Beide nickten zustimmend. Frisch war froh, als er diese unangenehme Sitzung, die unangenehmste seiner bisherigen Amtszeit, beenden konnte und die beiden Bürgermeister sein Zimmer verließen. Er hoffte sehr, dass weder Niccolo noch Ohlhausen das, was sie da gerade gehört hatten, an die große Glocke hängen würden.

32

Die Sonne war gerade über dem Suezkanal aufgegangen und der Morgen hatte noch eine angenehme Kühle. Diese erfrischende Tagestemperatur würde sich nicht lange halten können. Gegen zehn Uhr wurde es unangenehm heiß. Faruq bin Mochtar war diese Temperaturen gewöhnt, denn er war am Kanal geboren und aufgewachsen. Die Hitze gehörte zu seinem Leben und wenn es ein paar Tropfen in der Wüstengegend regnete, aus der er kam, führte das halbe Dorf Freudentänze auf und dankte Allah, dass er den Menschen Wasser schickt.

Die Wüste gehörte zu Faruqs Leben wie der Kanal, den er kannte wie die Tasche seiner Kapitänsuniform. Seit zwanzig Jahren tat er hier Dienst auf einem Schnellboot der Kanalpolizei, die für die Kontrolle des internationalen Schiffsverkehrs zuständig war.

In Al Isma hatte er ein Haus gebaut für sich und seine mittlerweile achtköpfige Familie. Die älteste Tochter war vor drei Wochen schon zum dritten Mal Mutter geworden und er somit dreifacher Großvater. Die anderen Kinder ließen sich Zeit, studierten noch oder machten, wie Ismail, sein mittlerer Sohn, Probleme.

‚Es können nicht immer alle Kinder wohlgeraten. Und Allah hat mir diesen Sohn geschenkt, damit ich nicht hochmütig werde. Dank sei Allah auch dafür', dachte er.

Er hatte sich einen wunderbaren Palmengarten angelegt und der Dattelverkauf war ein einträgliches Nebengeschäft.

Sein Garten war sein besonderer Stolz, ebenso wie sein Schnellboot, das zu den modernsten dieser Bauart gehörte.

Seit Al Isma verfolgten sie nun dieses Frachtschiff. Es war nicht groß, nicht auffällig, aber vielleicht gerade deswegen etwas sonderbar zwischen all diesen großen Containerschiffen, die auf jener viel befahrenen Route den Indischen Ozean ansteuerten. Faruq kannte die Bauart und konnte es daher genau bestimmen.

Ein Schiff aus Deutschland, das heute die Emirate ansteuert, wie auf dem Frachtbrief stand, den er sich hatte mailen lassen, ist in der Regel sehr viel größer, denn dort wird viel gebaut und über den Suezkanal werden zahlreiche Materialien an den Persischen Golf transportiert.

‚Ein so kleines Schiff dorthin fahren zu lassen, ist auffällig', überlegte er. Er stand auf der Brücke und studierte die Papiere aufmerksam. ‚Riesige Baumaschinen, unzählige Maschinenteile und Hunderte von Betonmischern, die alle passen doch gar nicht auf ein so kleines Schiff. Was mag wohl dahinterstecken?', dachte sich der Kapitän. Er sah auf das Wasser hinaus. Mittlerweile hatte der Kanal eine türkisblaue Farbe angenommen, einen Ton, den er sehr mochte. Diese Farbe passte so hervorragend zu dem braunen Sand der Wüste, die hier bis zum Horizont reichte.

Faruq nahm das Fernglas und spähte zu dem Frachter hinüber.

„Wann werden wir zuschlagen?“, wollte der erste Offizier wissen.

Faruq dachte an die Schießerei im vergangenen Winter. Die Situation sah hier ähnlich aus. Bei der Schießerei damals wäre er fast ums Leben gekommen. Seine Frau hatte ihm schwere Vorwürfe gemacht und Faruq hatte ihr zugestimmt.

„Es lohnt sich nicht, sein Leben unnütz zu riskieren. Auch hier ist sicher Rauschgift im Spiel."

Sein Instinkt hatte ihm oft das Leben gerettet. In gefährlichen Situationen, im Krieg gegen Israel. Damals war er gerade 18 gewesen.

Faruqs Boot war jetzt 100 Meter von dem Frachter entfernt. Er bemerkte, dass auch sie vom Frachter aus beobachtet wurden.

„Jetzt muss ich schnell handeln, das Schiff darf nicht zu nah ran an eine Stadt. Hier wäre die ideale Stelle im Fluss, um zuzuschlagen. Wenn nur die Special Forces bald kämen", hoffte er.

Die Special Forces hatte er vor etwa einer halben Stunde angefordert und er wunderte sich, wie lange sie brauchten. Die Minuten vergingen im Schneckentempo.

„Drüben werden Vorkehrungen getroffen, um sich zu verteidigen", stellte er fest. Tatsächlich war auf dem Frachter ein hektisches Gewimmel entstanden.

‚Sie werden versuchen, das Rauschgift zu vernichten', dachte Faruq noch.

Dann raubte ihm ein tosender Lärm die Konzentration. Hubschrauber knatterten über die Dämme und setzten Spezialeinheiten auf dem Schiff ab. Einige Schüsse fielen. Dann war das Schiff in der Hand der ägyptischen Kanalpolizei, die den Frachter in eine nahe Haltebucht dirigierte.

Kaum waren die Leinen vertäut, betrat Faruq mit seinen Männern und ein paar Rauschgifthunden das eroberte Schiff. Aber sie fanden kein Rauschgift, sondern nur alten Schrott, tonnenweise Wertstoffe, aber nichts von dem, was auf dem Frachtbrief angegeben war. Keine einzige Baumaschine, keinen Betonmischer, gar nichts. Dennoch ließ er die Hunde weitersuchen. Aber sie fanden nichts. Am Abend war klar, es gab kein Rauschgift auf dem Schiff. Es war mit altem Schrott beladen und steuerte Richtung Persischer Golf. Den Grund dafür konnte ihm auch der Kapitän nicht sagen. Er vermutete, dass die Ladung in den Emiraten auf ein anderes Schiff umgeladen werden sollte, das Richtung China auslief. Dort herrsche ein wahrer Heißhunger nach Metall.

„Wissen Sie", erklärte der festgehaltene Kapitän Faruq lakonisch. „Ich fahre jetzt schon über dreißig Jahre zur See. Früher wusste man, was man transportiert, für welche Reederei, unter welcher Flagge das Schiff fährt und noch vieles andere mehr. Heute wundert man sich über gar nichts mehr. Vieles ist für einen Fahrensmann überhaupt nicht mehr nachvollziehbar. Mitten auf hoher See wird umgeflaggt. Da fahren Sie plötzlich unter liberianischer Flagge und vorher sind Sie unter der von Costa Rica gefahren. Das Schiff eines Kollegen wechselte während einer Fahrt durch den Indischen Ozean sieben Mal die Nationalität. Bei diesem Kuddelmuddel wundert es Sie auch nicht mehr, dass Sie Schrott transportieren und auf den Frachtpapieren stehen Baumaschinen. Wir transportieren kein Rauschgift. Davon haben Sie sich ja überzeugt. Wir haben nur alten Schrott an Bord. Den Weg können Sie leicht zurückverfolgen. Das Zeug wurde in Speyer auf ein Rheinschiff verladen und ging von dort nach Rotterdam. In Rotterdam haben wir es dann übernommen. Alles andere ist für uns uninteressant. Was würden Sie an meiner Stelle tun – das Kommando abgeben?"

Faruq zuckte die Schultern. Rechtlich hatte er keine Handhabe gegen den Kapitän. Er beriet sich kurz mit dem Kommandeur der Spezialkräfte. Dann ließ er seine Männer von Bord gehen.

Die Hubschrauber erhoben sich in die Lüfte und verschwanden am Horizont. Der Frachter mit Ziel Persischer Golf konnte seine Fahrt fortsetzen. Faruq nahm wieder Kurs auf Al Isma und freute sich auf seinen Palmengarten.

33

Andreas Schwarz war nach Berlin zurückgekehrt. Von der toten Frau im Wald hatte er erst dort erfahren.

Zu Hause in seiner Wohnung am Heinrichplatz griff Schwarz erneut zum Telefon und wählte die Nummer eines ägyptischen Kollegen, den er von Recherchen in Kairo her kannte.

Er erkundigte sich bei ihm über Baufirmen am Persischen Golf. Sein Kollege war gerade von dort zurückgekommen.

„Es ist verrückt, was die dort unten aufziehen. Gigantische Metropolen sollen aus dem Meer gestampft werden."

„Sind denn auch deutsche Firmen daran beteiligt?", wollte der Berliner Journalist wissen.

„Deutsche sind, soweit ich weiß, nicht dabei. Wenn, dann nur mit einem sehr kleinen Anteil, der kaum ins Gewicht fällt. Hauptsächlich sind dort amerikanische, britische und auch japanische Baufirmen aktiv." Der Anteil chinesischer Unternehmen wachse ständig.

Schwarz wollte wissen, ob denn eine deutsche Firma namens Peterson AG am Golf in irgendeiner Form in Erscheinung getreten sei. Der Kollege versprach, sich danach zu erkundigen, denn er arbeitete seit Neuestem auch für ein ägyptisches Wirtschaftsmagazin und hätte die besten Beziehungen zu den zuständigen Ministerien am Golf.

Schwarz bedankte sich und versprach, sich zu revanchieren.

Einige Tage waren seit diesem Anruf vergangen. Schwarz war mit anderen Themen beschäftigt. Da klingelte sein Telefon. Auf dem Display erkannte er eine ägyptische Nummer. Sofort griff er zum Hörer.

Es war sein ägyptischer Kollege. Nach einer längeren Begrüßung, die einiges an Gebühren kosten würde, stellte Schwarz die entscheidende Frage: „Und, hast du was herausgefunden?"

Sein Gesprächspartner machte eine bedeutungsvolle Pause, um die Spannung noch zu steigern. „Ja", sagte er schließlich. „Ich habe etwas über die von dir erwähnte Firma gefunden. Allerdings nicht am Golf, sondern hier bei uns am Suezkanal. Dort wurde ein Schiff gestoppt, das für diese Firma angeblich Baumaschinen an den Golf transportieren sollte. Das Schiff wurde von der Kanalpolizei in der Nähe eines Ortes, der Al Isma heißt, gestoppt. Die Polizei ist an Bord gegangen, weil es gewisse Auffälligkeiten gegeben hatte. Entgegen der Frachtpapiere wurden auf dem Schiff aber keine Baumaschinen gefunden, sondern nur altes Metall und das in riesigen Mengen. Vermutlich geht das Zeug nach China. Erstaunlich aber ist, dass es in den Emiraten umgeladen wird. Normalerweise macht das kein Mensch. Das ist viel zu teuer."

Schwarz war wie elektrisiert. Lag hier des Rätsels Lösung?

34

Felix Delius berichtete in der Fraktionssitzung, dass ihn der Journalist Schwarz angerufen hatte. Er hatte ihm mitgeteilt, dass Peterson nur Schrott und keine Baumaschinen an den Golf liefere.

„Alles nur Bluff?", fragte seine Kollegin aus der Fraktion, Dorothee Wilms, erstaunt. „Aber warum?"

„Einerseits, um an unser Geld zu kommen, immerhin hat ihm die Rheinbank ja 100 Millionen geliehen und es steht in den Sternen, ob er die je zurückbezahlen wird", antwortete der Fraktionsvorsitzende. „Andererseits holt er das Geld bei den Aktionären. Er wird es einsammeln und in andere Bereiche investieren. Man hört auch, er habe früher eine Wertstoffgesellschaft gehabt. Wahrscheinlich verkauft er auch alten Schrott nach China."

„Du siehst keine Möglichkeit, die 100 Millionen zu retten?", wollte Dorothee wissen.

„Wie denn? Durch Schweigen vielleicht?"

„Na ja, soweit ich gehört habe, kommt Peterson seinen Zahlungsverpflichtungen ja nach."

„Von wem hast du das gehört?" Delius war erstaunt.

„Direkt von Dr. Berger. Ich bin mit ihm im Stadtplanungsbeirat und ab und zu treffen wir uns informell. Wir haben oft gemeinsame Ideen, die wir bei solchen Gelegenheiten besprechen. Bei einer solchen Unterredung hat er mir von seinen Sorgen erzählt und auch von dem Schrott, den Peterson im Hafen gelagert hat. Berger wusste allerdings nicht, auf welche gewinnbringende Art sich Berger diesen Schrott vom Hals schafft. Wenn er es jetzt erfährt, kann er vielleicht wieder besser schlafen."

„Vielleicht hat Rehberger das rausbekommen und wurde deshalb ermordet."

„So aus der Welt ist das gar nicht", bestätigte Delius.

„Der Aktienkurs der Peterson AG hängt davon ab, dass ihre Geschäftspraktiken, die doch mehr als fragwürdig sind, nicht an die Öffentlichkeit kommen. Fliegt so was auf, hat das gewaltige Auswirkungen. Die Anleger reagieren auf die vagesten Andeutungen, auf die unwahrscheinlichsten Gerüchte."

„Dass Peterson seine Anleger betrügt, ist leider kein Gerücht", insistierte Dorothee Wilms.

Delius nickte. „Das ist ja das Schlimme. Und das alles kommt durch den Artikel von Schwarz im Laufe dieser Woche ans Tageslicht. Während des Gesprächs mit ihm war es natürlich nicht meine Absicht, ihm die Veröffentlichung auszureden. Aber der Schaden für Mannheim wird beträchtlich sein, wenn Peterson in Konkurs geht. Vielleicht werden wir dann die ganzen 100 Millionen verlieren. Neue Arbeitsplätze werden wir damit jedenfalls nicht schaffen."

„Den Flughafenausbau kann sich unser neuer OB jedenfalls abschminken. Wenn der Artikel über den Suez-Bluff erschienen ist, wird kein Hund mehr ein Stück Brot von ihm nehmen", ergänzte Dorothee Wilms.

35

Bauer hielt in der Rosenstraße. Bei den Schecks fühlte sich Ivana mittlerweile zu Hause. Frau Scheck behandelte sie wie ihre eigene Tochter.

Als Bauer klingelte, öffnete ihm Frau Scheck die Tür und lächelte. Ivana sei noch im Bad. Er solle warten.

Sie führte ihn ins Wohnzimmer und bat ihn, Platz zu nehmen.

„Ich bin froh, dass Sie sich um sie kümmern, liebe Frau Scheck. Sie steht noch unter Schock, nehme ich an."

Frau Scheck nickte.

„Sicher, so was braucht seine Zeit. Aber, ich glaube, ihr geht es schon etwas besser. Ivana ist eine aufgeweckte junge Frau. Sie spricht gut Englisch und jetzt sogar schon etwas Deutsch. Wir können uns gut verständigen. Ich bin ja auf dem Balkan geboren. Wir wurden nach dem Krieg von dort vertrieben. In meiner Kindheit habe ich auch Kroatisch gesprochen. Obwohl das meiste verschüttet ist, kann ich doch noch den einen oder anderen Satz und so radebrechen wir. Sie auf Deutsch und ich mit meinem bisschen Kroatisch. Wissen Sie, wann die Leiche ihrer Schwester zur Beerdigung freigegeben wird?", fragte die Gastgeberin.

„In den nächsten Tagen, nehme ich an. Die Untersuchungen sind abgeschlossen."

„Ivana will dann wieder nach Zadar zurück. Sie will ihre Schwester in die Heimat zurückbringen. Obwohl ich natürlich verstehe, dass sie nicht in Mannheim bleiben möchte, in der Stadt, in der ihre Schwester ermordet wurde, bedauere ich es doch sehr. Ich mag sie und versuche, ihr den Aufenthalt hier so angenehm wie möglich zu machen." Bauer nickte dankbar.

Bauer hatte sich bereits einen Plan zurechtgelegt, wie er mit Ivana den Abend verbringen wollte. In einem kleinen Theater, das er vor einigen Wochen kennengelernt hatte, wurde ein Stück von Sartre gespielt. Er erinnerte sich, dass er das Stück einmal als Gymnasiast gesehen hatte. Es hieß „Draußen vor der Tür". Zunächst war er nicht sicher, ob Ivana das Stück mögen würde. Als er es vorschlug, war sie sofort damit einverstanden. Auch sie hatte in der Schule Sartre gelesen, aber die Zeit zwischen dieser Lektüre und der Gegenwart lag bei ihr noch nicht so weit zurück wie bei ihm. Als sie zur Kasse kamen, war die Vorstellung fast ausverkauft. Sie bekamen die letzten beiden Karten.

Bauer erinnerte sich nur noch dunkel an den Inhalt. „Die Hölle, das sind die anderen", der Kernsatz klang ihm noch im Ohr. Die Schauspieler setzten den Inhalt des Textes, der nach dem Tod der Protagonisten in der Hölle spielte, gekonnt um. Das Gefühl, jeder Einzelne sei mehr oder weniger in ein Gestrüpp von Lebenslügen verstrickt, kam gut herüber. Und der Applaus am Ende des Stücks war intensiv und ehrlich gemeint.

Der Abend war zum Glück warm genug, um noch draußen zu sitzen. Sie gingen in ein italienisches Lokal mit Terrasse und Blick über den Fluss. Der Wein war zwar nicht besonders gut und die Küche konnte ebenso wenig mit Spitzenleistungen aufwarten, aber die Atmosphäre war angenehm unkompliziert. Ivana mochte italienisches Essen.

„Bei uns in Dalmatien ist es wie in Italien und in Istrien.

Etwas weiter nördlich sind die meisten Leute sogar zweisprachig aufgewachsen. Sie sprechen Italienisch und Kroatisch. Waren Sie schon mal in Kroatien?"

Bauer erzählte von seiner Reise nach Makarska, die er zusammen mit Heike unternommen hatte.

„Ja, Makarska ist einer der schönsten Flecken an der dalmatinischen Küste. Meine Eltern haben ein Haus dort. Wenn Sie mich mal in Kroatien besuchen, werde ich Ihnen die Gegend zeigen. Es wird Ihnen dort gefallen."

Mittlerweile war es halb elf geworden und auf der Terrasse wurde es kühl. „Ich bringe Sie nach Hause."

Ivana nickte zu Bauers Vorschlag. Sie gingen die paar Schritte zum Auto.

36

Die nächsten Tage vergingen mit polizeilicher Routine. Anette Schreiber und Jürgen Bauer fragten die Anwohner der Häuser in der Nähe von Dr. Wendlands Wohnung, ob ihnen an dem Tag, als das Verbrechen geschah, etwas Ungewöhnliches aufgefallen sei. Bis sie zur Wohnung 27 in dem Wohnblock kamen, waren die Ergebnisse ihrer Befragung enttäuschend. Es ergaben sich keine neuen Anhaltspunkte. Ein gewöhnlicher Dienstag im Frühling. Die Leute waren um die fragliche Zeit von ihren Abendspaziergängen oder von der Arbeit zurückgekehrt, hatten diesen und jenen getroffen, Fremde seien ihnen nicht aufgefallen.

Bei der Familie Lorenzo hätte es wieder Streit gegeben, aber auch das war nichts Ungewöhnliches.

Bei der Wohnung 27 öffnete ein älterer Herr die Tür. Er lud die beiden Polizisten ein, doch hereinzukommen.

Ja, er wisse, warum sie zu ihm gekommen seien. Und er hätte sich auch schon überlegt, im Präsidium anzurufen und dort von seinen Beobachtungen zu berichten. Ihnen sei an diesem Abend tatsächlich etwas Ungewöhnliches aufgefallen. Sie waren gerade auf dem Rückweg vom Spaziergang mit dem Hund gewesen, da sei ein junger Mann an ihnen vorbeigelaufen. Er rannte die Treppe hinauf. Sein Ziel könnte also durchaus die Wohnung von Dr. Wendland gewesen sein. In der Hand trug er ein Paket und einen Block mit Empfangsbestätigungen.

„Mein Mann hat sich darüber geärgert", schaltete sich die Frau des Befragten ein. Sie hatte in der Zwischenzeit einiges Gebäck und den Kaffee ins Wohnzimmer gebracht und hatte die Worte ihres Mannes gehört.

„Mein Mann ärgert sich ständig über die privaten Paketzusteller. Er war 50 Jahre bei der Post." Die Frau erzählte umständlich von ihren Lebensgewohnheiten. Die beiden Polizisten wurden ein bisschen ungeduldig. Das spürte der Zeuge schließlich auch und kam zur Sache: „Dass mittlerweile ein immer größerer Teil der Paketpost von privaten Zustellern ausgeliefert wird, wundert mich ja schon gar nicht mehr. Was allerdings in diesem Fall ungewöhnlich war: Die Anlieferung erfolgte mit einem privaten PKW, noch dazu mit einem sehr teuren Modell. Ich habe gesehen, wie der Zusteller mit seiner Uniform in einen funkelnagelneuen BMW eingestiegen ist."

Die Frau des Zeugen bot den Polizisten noch Kaffee an, aber beide lehnten dankend ab. Sie verabschiedeten sich, als ihnen klar geworden war, dass dies nun die einzige Information war, die ihnen die Zeugen liefern würden. Was diese Nachricht hergab, würde sich erst noch herausstellen. Aber auf jeden Fall ergab sich hier ein neuer Anhaltspunkt.

Im Polizeipräsidium angekommen, wählte Anette die Nummer des privaten Zustelldienstes, vom dem die Zeugen gesprochen hatten. Sie wurde mehrfach mit unterschiedlichen Abteilungen verbunden, bis sie endlich den richtigen Ansprechpartner erreichte. Die Dame, die für Wendlands Bezirk zuständig war, berief sich allerdings auf das Briefgeheimnis. Wenn ihr Anette nicht die Nummer der Sendung sagen könne, sei sie überhaupt nicht befugt, Auskunft zu erteilen.

Anette ließ nicht locker. Sie nannte ihren Namen und ihre Durchwahl im Präsidium, dann legte sie den Hörer auf.

Nach etwa fünf Minuten klingelte das Telefon. Diesmal war die Serviceangestellte wesentlich freundlicher als beim ersten Gespräch. Sie hätte mittlerweile die Unterlagen überprüft und festgestellt, dass von ihnen an dem betreffenden Tag überhaupt kein Paket in die betreffende Wohnung geliefert worden sei.

„Aber der Bote hat doch eindeutig eine Uniform Ihrer Firma getragen“, insistierte Anette.

„Die kann er sich auch auf illegalem Weg beschafft haben“, war die Antwort. „Was meinen Sie, was bei uns alles gestohlen wird? Bei uns arbeiten mittlerweile einige Tausend Angestellte und so eine Uniform verschwindet schon mal. Das ist einfach nicht zu kontrollieren. Unter den vielen Menschen ist natürlich auch manches schwarze Schaf.“

Anette bedankte sich und schrieb die Nummer der Angestellten in ihr Notizbuch. Für sie stand jetzt eindeutig fest, dass der Bote, obwohl er eine Uniform von dieser Firma getragen hatte, nicht dort angestellt war. Der Verdacht lag also nahe, dass sich der Mörder von Dr. Wendland auf diese Weise Zutritt zur Wohnung verschafft hatte.

Die Identität des Boten musste unbedingt geklärt werden und bei dieser Klärung konnten jetzt nur die beiden älteren Herrschaften aus Wendlands Wohnblock helfen.

Diesmal griff Bauer zum Hörer, wählte die Nummer des Ehepaars und bat sie, am nächsten Morgen ins Präsidium zu kommen. Sie erklärten sich sofort dazu bereit.

Am nächsten Morgen erschienen die beiden dann auch eine Viertelstunde vor ihrem Termin und konnten es kaum erwarten, dass Hannes sie zum Zeichner führte, der vor einem Computer saß und anhand eines Kataloges mit Augen, Haaransätzen und Kinnpartien ein Phantombild des Paketserviceboten anfertigte.

Der pensionierte Postbeamte erinnerte sich noch sehr genau an die markante Kinnpartie und die stechenden Augen, die unter der Baseballmütze hervorlugten.

Nachdem das Porträt soweit vollendet war, stellte es der Polizeizeichner sofort ins Intranet, sodass es allen zuständigen Dienststellen zur Verfügung stand.

Als das Bild endlich auf seinem Monitor erschien, war Bauer verblüfft: ein Dutzendtyp – schwarze Haare, im Nacken etwas zu lang, dicke Wimpern, das Gesicht eher hager, aber kaum auffällig. Ob ihnen dieses Bild weiterhelfen würde? Bauer war skeptisch.

Diese Skepsis erwies sich jedoch als unbegründet. Kaum 10 Minuten nachdem es ins Intranet gestellt worden war, klingelte das Telefon. Frau Staatsanwältin Dr. Werner war am anderen Ende der Leitung.

„Gerade habe ich das Fahndungsfoto im Intranet entdeckt. Ich glaube, ich kann zu Ihren weiteren Ermittlungen ein Mosaiksteinchen beitragen. Der Mann auf Ihrem Foto wird nämlich mit internationalem Haftbefehl gesucht. Ich schicke Ihnen gleich die Unterlagen rüber.

Der Mann heißt eigentlich Silvio d'Argento, ist aber auch unter dem Namen Marco Saturini aufgetreten. Er ist ein Verbrecher und drei kaltblütige Morde, in der Art, wie wir sie hier haben, sind ihm durchaus zuzutrauen. Aber es gibt auch andere Informationen, die besagen, dass er sich aus dem operativen Geschäft, wenn ich es einmal so nennen darf, zurückgezogen hätte. Es gebe da jüngere Nachfolger, die heute die Drecksarbeit machen. Er sei jetzt aufgestiegen in der Hierarchie der Mafia und die Großen der Familie vertrauten ihm."

Bauer hatte den Lautsprecher des Telefons eingeschaltet, damit Anette den Inhalt des Gesprächs mithören konnte.

„Was sollen wir jetzt tun?", fragte er seine Kollegin.

„Ich glaube, dass wir das Foto in der Presse veröffentlichen sollten."

37

Oberbürgermeister Frisch hatte ein paar schlaflose Nächte hinter sich. Am Vortag hatte er sich vorsichtig bei Dr. Berger erkundigt, der ihm bestätigte, dass Peterson seinen Verpflichtungen gegenüber dem Institut bis jetzt immer pünktlich nachgekommen sei und von seiner Seite kein Grund zur Beanstandung bestünde. Diese Auskunft beruhigte ihn etwas. Auch auf seine beiden Kollegen Ohlhausen und Niccolo konnte er sich verlassen. Die hielten dicht.

Aber dann traf ihn ein neuer Schlag. Dieses Foto in der Zeitung, ein Mörder und Verbrecher. Peterson hatte ihn zu ihm hergeschleppt. Hatte ihm Zugang verschafft, ihn sogar als seinen Geschäftspartner vorgestellt. Was hatte das zu bedeuten?

Silvio d'Argento, der aus Trapani stammte und mit internationalem Haftbefehl gesucht wurde. Es war gerade ein paar Wochen her, da hatte er ihm hier, in seinem Büro, gegenübergesessen.

Frisch erkannte das Gesicht sofort.

Manfred Peterson hatte ihn wie einen Freund behandelt. Frisch wurde es schlecht bei dem Gedanken, mit einem Mörder an einem Tisch gesessen zu haben, einem Verbrecher, zu dem sein alter Studienfreund Peterson die besten freundschaftlichen Kontakte pflegte. Wie tief war der gesunken?

Rechtfertigten Geschäfte und Gewinne jetzt alles, sogar die Zusammenarbeit mit Schwerverbrechern?

Frisch schauderte es noch mehr bei dem Gedanken, wie tief er selbst in diesem Sumpf feststeckte. Jetzt würde er seinen Kopf nicht mehr aus der Schlinge ziehen können.

Als Ohlhausen das Amtszimmer seines Chefs betrat, schob dieser ihm die Zeitung hin. Ohlhausen war wegen eines Routinetermins, der immer um diese Zeit angesetzt war, gekommen. Fragend schaute er Frisch an.

„Dieser Mann ist hier bei mir gewesen, zusammen mit Manfred Peterson. Peterson hat ihn mir als seinen Kompagnon vorgestellt.“

„Der wird wohl gekommen sein, um bei Ihnen Maß zu nehmen“, scherzte der Baubürgermeister, um die Verlegenheit zu überspielen. Auch er war mitgefangen. Das war ihm klar. Auch er steckte bis zum Hals mit drin.

„Dieser Mann hat Dr. Wendland umgebracht“, erklärte der Oberbürgermeister und fuhr fort: „Er hat es vermutlich mit Wissen und Billigung von Manfred Peterson getan, dem wahrscheinlich das Wasser bis zum Hals gestanden hat, hätte er nicht den 100-Millionen-Kredit bekommen.

Ohne diesen Kredit wäre sein Unternehmen vermutlich wie ein Kartenhaus zusammengefallen. Modernste Technologie? Dass ich nicht lache. Mit altem Schrott hat er gehandelt. Die Anleger hat er allesamt betrogen. In kürzester Zeit wäre das aufgeflogen. Dann wäre er erledigt gewesen. Aber mit dem Kredit, den wir ihm gegeben haben, stand er wieder gut da und konnte weitermachen. Zumindest bis jetzt. Wir haben ihm da ganz schön aus der Patsche geholfen. Hoffentlich haben wir uns nicht mitschuldig gemacht. Dr. Wendland hatte vermutlich von Stadtrat Rehberger die wahren Hintergründe von Petersons Aktiengesellschaft erfahren und war drauf und dran, diesen Betrug bekannt zu machen. Deshalb ist er ermordet worden.“

„Das sieht ja alles ziemlich verfahren aus, Herr Oberbürgermeister, was wollen Sie jetzt tun?“

Der Oberbürgermeister atmete schwer.

„Jetzt müssen wir wohl schnell Anzeige gegen Peterson erstatten. Eine andere Form der Schadensbegrenzung ist jetzt wohl nicht mehr möglich. Drei Menschen sind umgebracht worden und der Mörder läuft immer noch frei herum. Wir müssen zu unserer Verantwortung stehen.“

Ohlhausen war entrüstet: „Was heißt hier, wir? Sie haben uns doch diese Laus in den Pelz gesetzt. Sie wollten Peterson doch unbedingt nach Mannheim holen. Sie haben doch alle Warnungen in den Wind geschlagen. Nicht wir, sondern Sie selbst sollten sich zu Ihrer Verantwortung bekennen. Sie haben sich reinlegen lassen auf ganz naive, ja dumme Art und Weise und haben so einen beträchtlichen Vermögensteil der Stadt verspielt.“

Frisch war über den anmaßenden Ton des Baubürgermeisters entrüstet und verlor die Beherrschung. Ohlhausen brüllte zurück. Er war nicht mehr der kleine Beamte, der um seine Stellung fürchtete. Er, so schien es Frisch, fühlte, dass jetzt seine Stunde gekommen war. Und das gab ihm offenbar die Kraft, all seine Ängste zu überwinden.

Angesichts dieser starken Widerworte fand Frisch, der Stratege, wieder zu seiner eigentlichen Ruhe zurück.

„Schreien Sie hier nicht so herum, Ohlhausen. Wir sitzen beide im selben Boot. Wer war denn in Speyer und hat das vermeintliche Auslieferungslager inspiziert?“

Ohlhausen verstummte augenblicklich. Ihm wurde auf einmal bewusst, dass er mit im Glashaus saß. Darauf würde also die Verteidigungsstrategie des Oberbürgermeisters hinauslaufen. Er würde ihn mit in den Sumpf ziehen.

„Zwei Maschinen haben Sie gesehen, das hätte Sie stutzig machen müssen. Sie hätten sofort eine Untersuchung anordnen müssen. Sie sind doch der verantwortliche Dezernent. Ich kann mich doch nicht um alles kümmern."

Ohlhausen war nicht so ausgebufft wie Frisch. Der Oberbürgermeister war sensibel genug, um dies zu spüren. Er legte nach und rechnete Ohlhausen weitere Fehler vor, die er in dieser Angelegenheit gemacht hätte.

„Wir müssen Anzeige erstatten", sagte Ohlhausen schließlich. Er war sich der Tragweite seines Vorschlags durchaus bewusst und auch der Tatsache, dass er selbst mit im Boot saß. Das hatte ihm Frisch nun deutlich vor Augen geführt.

Nachdem Ohlhausen geknickt das Zimmer des Oberbürgermeisters verlassen hatte, wählte Frisch die Nummer des Polizeipräsidenten.

38

Der Polizeipräsident hatte auf den Anruf Frischs gewartet und er wunderte sich nicht, als seine Sekretärin ihn zu ihm durchstellte. Er hatte auf diesen Anruf gewartet, seit Dr. Berger bei ihm gewesen war, denn der Bankdirektor war nach dem Gespräch mit dem Oberbürgermeister keineswegs beruhigt gewesen. Die Erklärungen und Rechtfertigungen von Frisch passten keineswegs in die geschäftliche Vorstellungswelt eines seriösen Bankiers. „Wohin treibt diese Stadt?", fragte er sich. Welche Abgründe würden sich noch vor ihm auftun?

Dr. Berger hatte sich still verhalten. Einen Tag, zwei Tage. Die Nächte hatte er in dieser Zeit schlaflos verbracht. Seine Frau hatte ihn zur Rede gestellt. Aber er hatte so lange geschwiegen, bis er den Grund seiner Unruhe nicht mehr hatte verbergen können.

„Du musst zur Polizei gehen", hatte Bergers Frau geraten, „immerhin geht es um Mord, dreifachen Mord sogar!"

Am Morgen nach diesem nächtlichen Gespräch mit seiner Frau hatte Dr. Berger Mandel angerufen. Er hatte ihm von seinen Unterredungen mit dem Hafendirektor und dem Oberbürgermeister erzählt.

Der Polizeipräsident behielt den Inhalt jenes Telefonates für sich. Er hatte Dr. Berger Stillschweigen zugesichert. Immerhin hatte der Bankdirektor hier Geschäftsgeheimnisse preisgegeben, die streng genommen auch nicht an die Polizei hätten weitergegeben werden dürfen.

Aber jetzt, da der Oberbürgermeister selbst am Apparat war, änderte sich der Sachverhalt grundlegend.

„Ja, wir kommen", bestätigte Mandel in ruhigem Ton. „Ich werde die beiden ermittelnden Beamten mitbringen."

Keine halbe Stunde später saßen Mandel, Bauer und Anette Schreiber im Zimmer des Stadtoberhauptes.

Der Oberbürgermeister berichtete minutiös über seine letzte Begegnung mit Manfred Peterson und dem Mann, in dem er jetzt, nach der Veröffentlichung des Fahndungsfotos, den Mörder dreier Menschen erkennen musste. Damit wollte er es dann bewenden lassen, was ihm aber nicht gelang, denn der Polizeipräsident wusste bereits von den Zusammenhängen, die ihm Frisch jetzt gerne verschwiegen hätte.

Es entstand eine Gesprächspause. Anette war die Aufgabe zugefallen, das Aufnahmegerät zu bedienen. Frisch hatte etwa eine Viertelstunde geredet und bis jetzt, wie Mandel feststellen konnte, nichts von seinen persönlichen Beziehungen zu Peterson erwähnt.

„Er wird seine Gründe haben“, dachte der Polizeichef lächelnd. Nach Frischs Ausführungen entstand erneut eine lange Gesprächspause. Das Aufnahmegerät lief weiter. Anette und Bauer schauten den Oberbürgermeister fragend an. Würde er noch etwas sagen? Dies war offenbar nicht eingeplant.

„Na ja“, sagte der Polizeipräsident dann schließlich in die Gesprächspause hinein. „Ihnen wird Saturini, oder wie dieser Mörder nun wirklich heißt, ja nichts tun.“

Frisch stutzte. Auch Bauer und Anette hielten für einen Moment den Atem an.

„Wie meinen Sie das, Herr Polizeipräsident?“, wollte der Oberbürgermeister wissen.

„Nun, wie man so hört, pflegen Sie doch mit diesem Herrn Peterson die engsten persönlichen Kontakte.“

Frisch atmete tief durch. Natürlich war er sich sicher, dass seine eigene Verstrickung in den Fall nicht verborgen bleiben konnte.

„Nach allem, was wir wissen, kennen Sie Peterson schon seit vielen Jahren“, hakte Mandel nach.

„Ich kenne ihn seit unserem gemeinsamen Studium in Harvard. Deshalb habe ich ihm auch vertraut. Ich wusste nicht, mit welchen Menschen er sich umgibt.“

„Und hoffentlich wussten Sie auch nicht, welche Methoden Peterson bei der Beseitigung von – nennen wir es einmal Widerständen – anzuwenden pflegt. Sonst sieht es schlecht für Sie aus.“

„Erlauben Sie, Herr Polizeipräsident, wie können Sie mir

so etwas unterstellen? Natürlich wusste ich nichts von Petersons Methoden."

Mandel ließ diese Aussage für einen ziemlich langen Moment unerwidert im Raum stehen. Das Tonband lief weiter und schabte ein bisschen, weil es schon alt war.

„Vielleicht wussten Sie bis jetzt noch nichts von diesen Methoden", bohrte Mandel nach. „Aber Sie verfügen über ein Hintergrundwissen, das Sie uns immer noch nicht offenbart haben."

Man merkte die Schrecksekunde im Gesicht des Oberbürgermeisters. Aber er hatte sich sofort wieder im Griff. Schlagartig war er sich darüber im Klaren, dass Mandel sehr viel mehr wusste, als er bis jetzt offengelegt hatte. Wahrscheinlich war Dr. Berger bei ihm gewesen. Dieser Feigling hatte wohl kalte Füße bekommen. Wer hatte ihn noch verraten, fragte sich der Oberbürgermeister. Der einzige Weg, der jetzt noch offen blieb, war die Flucht nach vorn.

„Ich bitte Sie, Herr Polizeipräsident. Die Stadt befindet sich im Moment in einer ziemlich schwierigen Situation. Es ist nicht allein das Problem Peterson, was uns in diese Schwierigkeiten gebracht hat, aber wenn mit dem Kredit, auf den Sie jetzt anspielen, etwas schiefgeht, werden uns daraus Probleme erwachsen, die uns in den Ruin treiben werden. Das kann auch nicht in Ihrem Interesse liegen."

Der Polizeipräsident wurde blass. „Was wollen Sie damit sagen, Herr Oberbürgermeister?"

„Ich meine, Sie sollten sehr behutsam vorgehen. Sie wissen, der Markt ist heute eine ziemlich sensible Angelegenheit, und wenn Peterson ins Gerede kommt, der Aktienkurs einbricht, dann wäre das zum großen Schaden für die Stadt."

„Wollen Sie damit etwa sagen, wir sollen drei Morde auf sich beruhen lassen?"

Der Oberbürgermeister schüttelte energisch den Kopf. „Natürlich nicht, Herr Polizeipräsident. Wo denken Sie hin. Ich gebe nur zu bedenken."

Mandel wurde wütend: „Sie haben hier gar nichts zu bedenken zu geben. Wir haben hier drei Morde aufzuklären und Sie sind für uns zumindest in so weit in diese Fälle verstrickt, dass Sie bis jetzt immer noch nicht die volle Wahrheit gesagt haben. Herr Oberbürgermeister, so kommen Sie nicht durch."

Frischs Gesicht war knallrot angelaufen. Er rang nach Luft, wollte sich verteidigen, aber Mandel ließ ihm keine Chance. Nach weiteren zehn Minuten hatte er ihn endlich soweit und Frisch gab alles, was er über Petersons Firma und dessen fingierte Geschäftstätigkeit wusste, zu Protokoll.

„Er weiß offensichtlich viel mehr als Dr. Berger", stellte Mandel fest, als er mit seinen beiden Beamten aus der großen Drehtür des Rathauses hinausging. „Dass er jetzt so offen darlegte, wie die Peterson AG sich durch fingierte Geschäfte am Persischen Golf ein Image verschafft hat, um Investoren anzulocken, erstaunt mich."

„Der wird wohl nicht mehr lange Stadtoberhaupt bleiben", vermutete Bauer, als sie ins Auto stiegen.

„So zwei bis drei Wochen", schätzte Anette. „Wenn Frau Schwarzkopf oder Herr Delius von diesen Verwicklungen Wind bekommen, werden sie ein Amtsenthebungsverfahren beim Regierungspräsidium in die Wege leiten. Das ist sonnenklar. Viel zu lange wurde hier auf Frischs frischen Wind gesetzt, der sich nun als dichter Nebel herausstellt. Vernebelung krimineller Geschäftspraktiken."

„Wer weiß, ob Frisch nicht auch privat von Petersons Geschäften profitiert", schaltete sich Bauer ein.

„Das müssen wir aber erst beweisen. Denkbar wäre auch das“, erwiderte der Polizeipräsident. „Wir haben in diesem Fall noch einiges zu tun. Im Vordergrund steht natürlich die Aufgabe, den Mörder zu fassen. Möglich, dass er hier in Mannheim noch frei herumläuft. Seid vorsichtig. Dass er nicht lange fackelt, wenn er in die Enge getrieben wird, dürfte euch beiden nach allem, was passiert ist, klar sein. Solche Typen kennen keine Skrupel und wie ich Frisch einschätze, wird er Peterson warnen, damit der verschwinden kann und vermutlich den Saturini mitnimmt, denn der wird ihm ja gefährlich, wenn der auspackt.“

„Wir werden das Protokoll umgehend an die Staatsanwaltschaft weiterleiten und wenn Frau Dr. Werner die Aussage in die Hand bekommt, wird sie rasch handeln. Sie wird uns einen Durchsuchungsbefehl für die Geschäfts- und Privaträume von Peterson geben und wir haben freie Hand. Sehr wahrscheinlich werden wir uns auch die Akten des Oberbürgermeisters zur Sache Peterson anschauen dürfen. Da kommt einiges auf uns zu.“

39

Nachdem Saturini das Fahndungsfoto in der Zeitung gesehen hatte, war ihm klar, dass er abtauchen musste. Eigentlich hätte er ganz aus dem Umkreis von Mannheim und Karlsruhe verschwinden sollen, aber dafür war es noch zu früh. Seine Mission war noch nicht erfüllt. Zu viel stand für ihn auf dem Spiel. Und seine Ehre ging ihm über alles.

Ja, er hatte Rehberger getötet. Es war ihm leicht gefallen. An diesem regennassen Samstagnachmittag stand der Stadtrat plötzlich im Lager der Logistic International. Er sah sofort, dass dort keine hochwertigen Maschinen waren, sondern nur Altmetall. Kopien der Frachtpapiere hielt er in der Hand. Saturini kannte diesen Stadtrat, hatte mehrfach sein Bild in der Zeitung gesehen und auch Peterson hatte ihn auf den Mann aufmerksam gemacht. Einer der Zähen, Unbestechlichen. Die schlimmste Sorte. Saturini hatte gesehen, wie Rehberger die Schrotthaufen fotografierte.

Woher hatte der Stadtrat diese Informationen, woher wusste er so genau, dass der Schrott an diesem Tag verschifft werden sollte? Die kleine Kroatin hatte es verraten und vermutlich hatte der Stadtrat dann gleich den Bankdirektor Wendland eingeweiht.

Warum sonst sperrte der sich denn gegen den Kredit, den Petersons Firma so dringend brauchte? Die Bilanzen waren doch in Ordnung, dafür hatte er gesorgt mit dem Vermögen der Familie. Und um dieses Vermögen ging es. Dieses Vermögen hatte Peterson verzockt. Er hatte damit alte Schulden bezahlt und riskante Spekulationen unternommen, die natürlich alle schiefgelaufen waren. Jetzt stand er wieder da mit einem Haufen neuer Schulden.

Das konnte Saturini nicht durchgehen lassen. Das ging gegen die Ehre. Deshalb blieb Saturini in der Region und wartete auf eine günstige Gelegenheit, sich an Peterson zu rächen.

Er hatte sich die Haare blond gefärbt und seinen Kleidungsstil der neuen Situation angepasst. Auch das Gesicht hatte er durch einige kosmetische Eingriffe so verändert, dass er dem Mann auf dem Zeitungsfoto nun überhaupt nicht mehr glich. Sich zu verwandeln, hatte Saturini gelernt. Es gehörte zu seinem Job, genau wie die Zielsicherheit und der Einfallsreichtum. Durch die Kunst der Verkleidung war er schon oft in brenzligen Situationen entwischt.

Zu entwischen würde ihm auch diesmal gelingen, davon war er überzeugt. Er bewegte sich wie ein Fisch im Wasser. Seine Bleibe hatte er seit dem ersten Mord an dem Stadtrat mehrfach gewechselt. Aus einem Hotel am Bahnhof war er ausgezogen. Auch das Parkhotel, eine luxuriöse Anlage am Rheinpark, hatte er verlassen und nachdem er Dr. Wendland umgebracht hatte, war er in ein Dorf bei Speyer gezogen. Aber der Ort war zu klein und als ihn dort Leute sogar grüßten, weil sie ihn wiedererkannten, ging er nach Mannheim zurück.

Er hätte längst wieder in Sizilien sein müssen. Der Boden hier war zu heiß geworden. Und jetzt, mit dem Bild in der Zeitung – er würde schnell handeln müssen.

Es war noch keine zwei Tage her, als Saturini Peterson im Rheinpark getroffen hatte. Wie eine zufällige Begegnung sollte dieses Treffen aussehen. Dabei hatte der Unternehmer Saturini erklärt, dass er das Geld nicht flüssig machen könne. Den Kredit von der Rheinbank hätte er angeblich breit gestreut. Wenn er aber jetzt beginnen würde, Papiere zu verkaufen, könnte das Anleger nervös machen und eine Panik mit unabsehbaren Folgen auslösen. Noch stünden seine Aktien gut, aber er hätte einfach keine liquiden Mittel, um ihn abzufinden. Saturini vergaß alle Vorsicht.

„Wenn Sie nicht bis in einer Woche 2 Millionen Euro rausrücken, dann sind Sie verloren.“

Peterson verstand die Drohung und er verstand auch, dass es nichts nützen würde, um weiteren Aufschub zu bitten.

Was sollte er tun? Er stand mit dem Rücken zur Wand. Als Günther von dem Mord an der jungen Kroatin erfahren hatte, hatte er sich von der Peterson AG vollkommen zurückgezogen. Für Manfred Peterson war er überhaupt nicht mehr erreichbar. Die Liechtensteiner Zentrale stellte Peterson einfach nicht mehr durch. Und somit war auch seine letzte Chance, an bares Geld zu kommen, verspielt.

Kaum hatte Saturini den Rheinpark verlassen, reute ihn schon die lange Frist, die er Peterson bis zur Zahlung eingeräumt hatte. Eine Woche war in dieser Situation viel zu lang. Jetzt waren erst zwei Tage verstrichen und er würde noch warten müssen.

Als er sich mit Peterson traf, hatte Saturini noch nicht geahnt, wie tief er bereits selbst in der Klemme saß, wie dicht die Polizei ihm schon auf den Fersen war. Das Fahndungsfoto in der Zeitung machte ihm schlagartig bewusst, dass er vorsichtig sein musste, solange er noch in Mannheim war. Hotels kamen nun trotz seiner fast perfekten Tarnung nicht mehr in Frage. Er musste sich nach anderen Verstecken umsehen. Bei seiner weit verzweigten Verwandtschaft wurde er fündig. Ein Verwandter von ihm hatte eine Speditionsfirma im Hafen. In einem Lagerhaus konnte er untertauchen. Dort hatte ihm der Cousin ein Bett hingestellt, eine Waschgelegenheit gab es auch und einen Tisch. Hier würde ihn die Polizei nicht so leicht finden. Und in drei Tagen würde er losschlagen. Der erste Schuss in Petersons Knie, wenn dieser bis dahin nicht zahlen würde.

Die Lage von Petersons Unternehmen verschlechterte sich stündlich. Bevor Schwarz seinen Artikel veröffentlichte, wollte er Gewissheit haben und rief bei dem Unternehmer an. Er konfrontierte ihn mit seinen Recherchen. Peterson war empört und stritt alles ab. Sein Rechtsanwalt rief zurück und drohte mit Klage.

„Dann können Sie Ihr Blatt einstampfen", schrie er.

Peterson saß dabei. Aber der Redakteur lachte nur.

„Wo kämen wir denn hin, wenn wir uns durch solche Drohungen einschüchtern ließen?", antwortete der kalt auf die hilflosen Drohgebärden des Rechtsanwalts. Ein Umschalten auf einen weicheren Kurs, auf indirekte Geldangebote oder Anzeigenschaltung nützte jetzt nichts mehr. Diese Karte war mit der allzu heftigen Aktion des Anwalts zu Beginn des Gesprächs bereits verspielt. Peterson schüttelte missbilligend den Kopf.

Alles war nun verloren. Und dann war da noch dieser Saturini, der ihm drohte. Aber Peterson glaubte nicht, dass der noch in der Lage wäre, seine Drohungen wahr zu machen. Als er das Fahndungsfoto in der Zeitung sah, lächelte er.

„Der wird nun alles dran setzen, um mit heiler Haut aus Mannheim herauszukommen. Da brauche ich keine Angst zu haben." Er konnte sich also jetzt um seinen eigenen Fluchtplan kümmern. Er musste rasch handeln, denn spätestens in einigen Tagen würde er dazu vielleicht keine Gelegenheit mehr haben.

40

Felix Delius hatte die Tür hinter sich geschlossen und sich mit seiner Fraktionskollegin Dorothee Wilms an den Konferenztisch gesetzt. Der Sekretär fand dieses Verhalten merkwürdig. Bisher war es in der Fraktion der Grünen immer offen zugegangen und die einzelnen Mitglieder hatten weder untereinander noch vor den Mitarbeitern Geheimnisse. War das der neue Politikstil, der nun auch in Mannheim einkehren würde? Der Sekretär hörte nur das Murmeln der beiden Mandatsträger hinter verschlossener Tür. Ihre Worte konnte er nicht verstehen.

Nachdem der Artikel über Petersons Unternehmen in der Berliner Zeitung erschienen war, gab es kein Halten mehr. Der Aktienkurs purzelte in den Keller, quasi stündlich kamen neue Hiobsbotschaften von der Börse. Das Unternehmen war kaum noch etwas wert und auch die Fonds, in die Peterson investiert hatte, erwiesen sich als völlig instabil. Das *Mannheimer Tagblatt* veröffentlichte einen Artikel im Wirtschaftsteil, der auf die Verflechtung der Rheinbank mit Petersons Unternehmen hinwies. Eine große Anzahl Anleger hatten sehr viel Geld verloren. Die Bürger Mannheims waren empört. Das Telefon im Fraktionsbüro der Mannheimer Grünen klingelte pausenlos.

Delius galt als der Mann der Stunde, denn er hatte rechtzeitig vor den Folgen des Vertrauens in Peterson gewarnt. Allerdings waren seine Warnrufe in den letzten Monaten immer stiller geworden und schließlich ganz verstummt. Aber was zählte das? Er war wenigstens einer gewesen, der nicht kritiklos dem Oberbürgermeister gefolgt war, als dieser Peterson solch großzügige Konditionen eingeräumt hatte, um ihn nach Mannheim zu locken. Mittlerweile gab es sogar eine Anzeige gegen Frisch.

„Wann kommt Frisch in Untersuchungshaft?" Diese Schlagzeile einer überregionalen Boulevardzeitung schien den beiden Gemeinderäten doch etwas weit hergeholt, aber der einstige Politstar war durch die Affäre Peterson in Bedrängnis geraten.

Ein Bericht über die gemeinsame Studienzeit von Frisch und dem gescheiterten Unternehmer goss noch zusätzlich Öl ins Feuer.

„Aus vollen Rohren sollten wir jetzt auf Frisch schießen", schlug Dorothee Wilms vor. „Jetzt ist unsere Stunde gekommen. Endlich können wir uns in eine einflussreiche Position in der Stadt bringen." Die Stadträtin lächelte zufrieden.

Als der Sekretär das Besprechungszimmer betrat, schwiegen beide. Dieses Schweigen verunsicherte den Fraktionsangestellten und er entfernte sich rasch. Wilms ergriff erneut das Wort. „Ja, Felix, wir dürfen jetzt nicht locker lassen. Das mit seiner baldigen Verhaftung halte ich zwar für unwahrscheinlich, aber die Staatsanwaltschaft ermittelt schon gegen ihn. Das habe ich aus zuverlässiger Quelle."

Sie schaute Delius mit fragendem Blick an.

„Liebe Dorothee, ich glaube, dass wir diesen Weg, den du vorschlägst, nicht gehen sollten, weil das nämlich zum Schaden der Stadt wäre. Kurzfristig würde uns eine solche Strategie zwar eine Menge neuer Wählerstimmen einbringen, aber letztendlich gut für die Stadt wäre das nicht. Frisch hat einen schweren Fehler begangen. Aber ich glaube nicht, dass er sich im juristischen Sinne strafbar gemacht hat. Das sollten wir stets im Auge behalten. Wir haben uns gegen den Flughafenausbau gewehrt, wir haben uns gegen die eine oder andere Entscheidung gewehrt, aber wir haben uns nicht gegen die Kreditvergabe an Peterson gewehrt. Das ist ein Gerücht."

„Wir haben uns nicht wehren können, wir sitzen ja nicht im Kreditausschuss."

„Aber ich sitze im Aufsichtsrat. Und ich habe für die Kreditvergabe gestimmt. Kredite in dieser Größenordnung müssen im Aufsichtsrat abgestimmt werden."

Das hatte Dorothee Wilms nicht gewusst. Und auch von Delius' Abstimmungsverhalten hatte sie keine Ahnung. Er hatte nicht in der Fraktion darüber gesprochen.

„Ich hätte nicht darüber sprechen dürfen, ich hätte mich ja strafbar gemacht, weil ich der Schweigepflicht unterliege. Und zumal, wenn man hier drin über solche Geheimnisse redet, weiß es bald die ganze Stadt."

Dorothee Wilms wurde ganz blass. „Heißt das also im Klartext – nur dass ich das richtig verstehe: Wir können Frischs Politik in puncto Peterson eigentlich gar nicht kritisieren?"

Delius machte eine bedeutungsvolle Pause, bevor er antwortete: „Richtig, uns sind hier die Hände gebunden. Wenn wir behaupten, wir hätten gegen die Kreditvergabe gestimmt, lügen wir. Und die anderen Parteien, zumindest die, die Vertreter im Aufsichtsrat haben, werden das gegen uns verwenden."

Dorothee Wilms begriff langsam und war enttäuscht. Als geübte Politstrategin hatte sie gehofft, dass nun endlich die Stunde der Grünen gekommen war, aber sie musste erkennen, dass sie diese Stunde nun ungenutzt verstreichen lassen mussten. Ein

Jammer. Zusammen mit Delius erörterte sie die verschiedenen Szenarien.

„Man kann es betrachten, wie man will. Wir können Frisch nicht angreifen. Wir können ihm eigentlich nur vorhalten, dass er Peterson zuliebe den Regionalflughafen ausgebaut hat. Weiter können wir da nicht gehen. Vielleicht erreichen wir, dass ein Baustopp verhängt wird, ein Nachtflugverbot oder die Schließung. Mehr erreichen wir zurzeit auf keinen Fall."

„Das ist ja wirklich jämmerlich, wenn wir da nicht mehr rausholen können", entgegnete Dorothee Wilms.

„Es sieht vielleicht ein bisschen gering aus, aber vielleicht können wir durch unsere Loyalität, von der wir aufgrund der Situation, die ich dir geschildert habe, nicht abrücken können, doch in der Verwaltung eine gewichtigere Position erringen. In den nächsten Jahren sind einige Posten neu zu besetzen. Ich nehme an, da ist für uns eine ganze Menge drin. Wir müssen uns da nur richtig einbringen und da sind wir gerade dabei."

41

Bauer und Anette Schreiber waren in dieser Woche ein gutes Stück weitergekommen. Es waren zahlreiche Hinweise zu Saturinis Aufenthalt in Mannheim eingegangen. Mehrere Hotelangestellte konnten sich an das markante Gesicht des Gesuchten erinnern. Aufgrund dieser Aussagen erstellte Anette ein Bewegungsprofil, das ein ziemlich lückenloses Bild von Saturinis Aktivitäten in Mannheim ergab. Auch die Karlsruher Kollegen waren nicht untätig. Sie hatten Peterson Firmenzentrale durchsucht und zahlreiche Aktenordner beschlagnahmt.

Peterson wurde für 48 Stunden in Untersuchungshaft genommen, musste dann aber wieder auf freien Fuß gesetzt werden. Man konnte ihm zwar nachweisen, dass er Saturini, einen gesuchten Mörder, kannte, aber man konnte nicht nachweisen, dass er etwas mit dessen Verbrechen zu tun hatte.

In diesem Falle patzte Petersons Anwalt nicht, aber dennoch bereute der gescheiterte Unternehmer bald, dass der Rechtsgelehrte sich so sehr um seine Freilassung bemüht hatte.

Peterson hatte sich zu sicher gefühlt. Sein alter Fehler. Vom Gefängnis aus fuhr er mit dem Taxi zu der Villa der einstigen Grafen von Karlsruhe. Diese Villa – über 10 Millionen war sie wert, würde nun bald nicht mehr ihm gehören. Sie war im Besitz der Firma und kam mit anderen Immobilien unter den Hammer des Zwangsversteigerers. Er hatte versäumt, rechtzeitig Vermögen zur Seite zu schaffen. Blöd kam er sich vor. Das hätte er voraussehen können. Heute könnte er in Kanada sein. Außerhalb der Reichweite der deutschen Staatsanwaltschaft und dieser ehrgeizigen Schnalle, die ihn gnadenlos verfolgte, dieser Frau Dr. Werner. Jetzt war er aller Verbindungen beraubt.

Frisch würde ihn nicht mehr empfangen. Er hatte ihn sogar angezeigt. Von wem sonst hatte die Polizei die genaue Beschreibung Saturinis, wenn nicht von diesem Feigling, der schon zu Studienzeiten ein Feigling gewesen war.

Als Peterson die Küche seines Hauses betreten wollte, stand plötzlich ein Mann vor ihm. Wer war dieser Mann? Blonde Haare, ein weiches Gesicht. Stechende Augen, die so gar nicht in dieses gütige Gesicht passen wollten. Am Klang der Stimme erkannte Peterson Saturini.

„Hast du das Geld?“

Peterson schüttelte den Kopf. Saturini zog die Pistole und Peterson spürte einen beißenden Schmerz in seinem Bein. Er zuckte zusammen.

Frisch sank in seinen Schreibtischsessel. Es würde ihm wohl kein anderer Weg mehr bleiben. Er hatte sich gerade von Delius verabschiedet, der über zwei Stunden bei ihm war. Frisch hatte sich entschlossen. Er würde zurücktreten. Zumindest würde er die Amtsgeschäfte für einige Zeit ruhen lassen.

‚Ein intelligenter, junger Mann und ein guter Stratege‘, dachte der Oberbürgermeister. ‚Nur schade, dass er in der falschen Partei ist.‘

Delius hatte um die Unterredung gebeten. „Sie werden Ihre Position nicht lange halten können, wenn Sie sich nicht ganz klar von den Machenschaften Petersons distanzieren, Herr Oberbürgermeister.“

Frisch hatte genickt, denn er sah die Sache genauso. „Was soll ich Ihrer Meinung nach tun, um das deutlich zu machen? Ich wusste ja wirklich nicht, zu was Peterson imstande ist.“

„Am besten legen Sie Ihre Amtsgeschäfte nieder, bis die Untersuchung abgeschlossen ist.“

Frisch war zusammengezuckt. Vor dieser Konsequenz hatte er sich am meisten gefürchtet.

Delius versuchte, ihm diesen Schritt schmackhaft zu machen und führte einige Beispiele aus jüngster Vergangenheit an, die belegten, dass gerade durch einen solchen Schritt des betroffenen Amtsträgers Vertrauen wiedergewonnen werden konnte.

Die meisten Politiker, die so gehandelt hatten, wären gefestigt in ihre alte Position zurückgekehrt. Frisch nickte und machte Delius deutlich, dass er über diesen Schritt nachdenken wolle. Ein weiteres Anliegen hatte der Grünen-Chef noch: „Wir wollen den Regionalflughafen stilllegen“, sagte Delius kategorisch. Frisch hatte diese Forderung erwartet. Das also war der Preis, den er zu zahlen hätte, die Zustimmung zur Schließung. Das war nicht zu teuer, musste er zugeben.

Als Delius gegangen war, zuckte der Oberbürgermeister mit den Schultern. „Wer wird denn jetzt diesen Flughafen noch brauchen, es gibt hier sowieso bald keine Industrie mehr, die internationale Geschäfte macht.“

Als er es sich bequem gemacht hatte, fasste er seine Gedanken noch einmal zusammen: „So unrecht hat Delius wirklich nicht. Das Schlimmste, was jetzt passieren kann, ist, dass der Eindruck entsteht, ich bin in Petersons trauriges Geschick verwickelt. Ich sollte mich von ihm öffentlich distanzieren und es darf keinesfalls so wirken, als klebe ich an meinem Sessel. Ich muss jetzt souverän erscheinen. Delius ist wirklich ein schlauer Fuchs“, schloss der OB seine Überlegungen ab und griff zum Telefonhörer. Er wählte die Nummer von Ohlhausen. Er hätte auch die von Niccolo wählen können, aber Ohlhausen hielt er nach einer kurzen Überlegung doch für den besseren Mann. Niccolo würde versuchen, das Amt um jeden Preis zu behalten. Das könnte Ohlhausen auch versuchen, aber der hatte nicht das Charisma, um sich im Falle eines Machtkampfes gegen Frisch durchzusetzen. Kurze Zeit später stand der Baubürgermeister im Amtszimmer des Stadtoberhauptes.

Frisch weihte ihn in sein Vorhaben ein. Er spürte die Verlegenheit Ohlhausens und gleichzeitig dessen Gier, dieses hohe Amt zu besetzen. Ein Karrieresprung, auf den der Baubürgermeister lange gewartet hatte, an den er aber immer noch nicht so richtig glauben wollte. Er zierte sich etwas, oder schien es dem Oberbürgermeister nur so?

Jedenfalls brachte er Niccolo ins Spiel. Frisch winkte ab. Er halte ihn, Ohlhausen, für den fähigeren Mann. Und Ohlhausen hätte ihm schon in vielen Fällen seine Loyalität bewiesen. Ihr erst kürzlich geführtes Streitgespräch schien vergessen.

Er vertraue ihm viel mehr als Niccolo. Nach einem einstündigen Gespräch erklärte sich der Baubürgermeister schließlich bereit, das Amt des Oberbürgermeisters kommissarisch zu verwalten und verließ mit stolzgeschwellter Brust das Amtszimmer seines Chefs.

Frisch rief nach Frau Satorius, die rasch mit dem Stenoblock kam, und diktierte sein Gesuch an das Regierungspräsidium, die Amtsgeschäfte so lange ruhen zu lassen, bis die Staatsanwaltschaft ihre Ermittlungen abgeschlossen hätte.

Zufrieden lehnte er sich, als Frau Satorius gegangen war, zurück. Jetzt hatte er Zeit zum Segeln. Er würde für einige Wochen an die Ostsee fahren, für die Reporter, die jetzt bereits sein Privathaus umlagerten, um ihn zu irgendwelchen Stellungnahmen zu bewegen, unerreichbar.

Jetzt konnte er einfach schweigen und auf die Ermittlungen der Staatsanwaltschaft verweisen. Er war sich sicher: Die würden bald abgeschlossen sein und er würde bald wieder in sein Amtszimmer einziehen. Er packte seine persönlichen Sachen zusammen und verließ das Büro.

42

Es war das erste Mal seit langer Zeit, dass Bauer vor 19 Uhr nach Hause kam. Er duschte und freute sich auf den Abend, den er zusammen mit Ivana verbringen würde. In den letzten Tagen hatten sie sich kaum gesehen. Er hatte deshalb auch keine Ahnung davon, dass der Leichnam Nadas schon am nächsten Tag überführt werden sollte.

Sie werde schon am nächsten Tag nach Zadar fliegen, um dort alles zu organisieren, sagte Ivana etwas atemlos. Sie war die Treppe heraufgekommen, weil der Fahrstuhl wieder einmal außer Betrieb war.

„Ich fliege von Frankfurt aus. Du kannst mich ja zum Flughafen bringen. Ich muss heute auch noch zu den Schecks zurück. Ich habe noch gar nicht gepackt und außerdem will ich mich noch von ihnen verabschieden. Sie waren so nett zu mir."

Bauer bot ihr ein Glas Wein an.

„Ich war heute den ganzen Tag in Neustadt", berichtete sie. „Dort gab es noch eine Menge Papierkram zu erledigen. Aber ich habe es gut hingekriegt. Die Leute dort sprechen gut Englisch und mein Deutsch wird immer besser."

Ivana lächelte, aber Bauer ahnte, dass sich unter diesem

Lächeln eine tiefe Traurigkeit verbarg. Eigentlich hätte er am liebsten alle Themen gemieden, die mit dem Mord, den neuesten Nachrichten aus dem Rundfunk – Frisch hatte seine Amtsgeschäfte niedergelegt – zusammenhingen, aber das ließ sich wohl nicht machen.

„Die Morde haben wir jetzt weitgehend aufgeklärt, aber der Mörder läuft leider immer noch frei herum. Peterson weiß angeblich auch nicht, wo er sich aufhält. Die Kollegen in Karlsruhe haben ihn gründlich vernommen, aber er hat zu Saturinis Aufenthaltsort beharrlich geschwiegen. Sie seien zwar Partner gewesen, aber Saturini hätte ohne sein Wissen gehandelt."

„Aber er hatte doch den Nutzen vom Tod des Stadtrats, des Bankiers und letztendlich auch von dem Mord an meiner Schwester?"

„Ja, den Nutzen hatte er wohl, aber das ist noch kein Beweis, dass er die Morde persönlich in Auftrag gegeben hat."

„Sitzt dieser Peterson wenigstens in Untersuchungshaft?"

Bauer verneinte. „Die Kollegen mussten ihn nach 48 Stunden wieder freilassen. Angeblich bestünde keine Fluchtgefahr. Die Durchsuchung seiner Wohn- und Büroräume hat bereits stattgefunden. Soweit ich weiß, reichen die Verdachtsmomente, die man gegen ihn vorbringen kann, nicht aus, um ihn im Gefängnis zu behalten."

Bauer hatte Ivana gerade ein weiteres Glas Wein eingeschenkt, da klingelte das Telefon. Ein Kollege aus Karlsruhe war am Apparat. Er sagte nur ganz kurz, dass Peterson eben ins Krankenhaus eingeliefert worden sei. Er hätte zerschossene Knie und wolle eine Aussage machen.

Er wolle aber, dass ein Mannheimer Polizist mit dabei sei

und nannte ihm Bauers Namen. Ob es Bauer möglich wäre, rasch nach Karlsruhe zu kommen.

Der Polizist schaute mit einem traurigen Blick auf Ivana und sagte zu. Er brachte sie noch zu den Schecks. Nach einem kurzen Abschied wendete der Kommissar seinen Wagen und fuhr Richtung Autobahnzubringer Seckenheim. Für kurze Zeit hatte er das Gefühl, er würde verfolgt.

Damit hatte er recht. Saturini war ihm dicht auf den Fersen. Der Mörder war sich bewusst, dass er nicht mehr abtauchen konnte. Er musste handeln, den Jäger zum Gejagten machen. Darin hatte er Erfahrung.

Einmal war er davongekommen, weil er die Frau des Polizeichefs entführt hatte und drohte, sie umzubringen, wenn ihm nicht ein Fluchtfahrzeug und genügend Geld zur Verfügung gestellt würde. Das Fluchtauto war natürlich präpariert gewesen. Er hatte es so schnell wie möglich los werden müssen. Ein Stück hatte er sich zu Fuß durch ein Naturschutzgebiet geschlagen. Dann war er mit dem Zug weitergefahren.

Saturini hatte den Kommissar tagelang beobachtet und dessen Lebensgewohnheiten ausgeforscht.

Bauer war nicht verheiratet. Das hatte er gleich vermutet. Er hatte ihn immer allein aus dieser Wohnung kommen sehen.

Saturini hatte an diesem Abend im Auto vor dem Revier auf ihn gewartet. Bauer ging zu Fuß. Saturini folgte ihm.

„Man braucht Glück in solchen Situationen. Vieles am Handeln eines Menschen ist nicht vorhersehbar“, Saturini lächelte. Es gelang ihm, Bauer unbemerkt bis zu dessen Wohnung zu folgen. Als Bauer in der Tür verschwunden war, ging Saturini zum Polizeipräsidium zurück und holte den Wagen.

Als er mit dem Auto gegenüber von Bauers Wohnung parkte, konnte er feststellen, dass ihn das Glück noch nicht verlassen hatte. Der Kommissar war noch in seiner Wohnung. Er hatte das Fenster geöffnet und begab sich auf den Balkon.

Würde der Polizist an diesem Abend noch ausgehen? Würde sich dann eine Gelegenheit bieten, sich seiner zu bemächtigen? Diese Fragen waren offen.

‚Auch diesmal wird mich die Improvisation retten, andernfalls werde ich Sizilien nie wiedersehen. Zur Zeit gibt es in Deutschland, Frankreich und Großbritannien Haftbefehle gegen mich.'

So in seine Gedanken vertieft, aber dennoch aufmerksam für alles, was um ihn herum geschah, saß Saturini in seinem Wagen.

Da öffnete sich plötzlich die Haustür und Bauer trat mit einer jungen Frau aus dem Haus.

Saturini erschrak. Diese Frau hatte eine ziemliche Ähnlichkeit mit der ermordeten jungen Kroatin, die er am Parkplatz im Wald verscharrt hatte. Wut stieg in ihm auf, Wut auf Peterson, seinen Auftraggeber. Eine Frau getötet zu haben, belastete sein Gewissen. Sonst kannte er keine Skrupel. Rehberger zu töten hatte ihm nichts ausgemacht, auch der Mord an Dr. Wendland nicht. Er hatte es sich schon lange abgewöhnt, Mitleid mit seinen Opfern zu haben. Aber Frauen zu töten war etwas anderes. Und besonders die Kroatin hatte ihm leid getan. Jetzt sah er ihr Ebenbild vor sich.

‚Das ist offensichtlich die Schwester. Solche Zufälle gibt es gar nicht, dass da plötzlich eine Frau auftaucht, die zufällig ähnlich aussieht, undenkbar.'

Saturini ließ den Wagen langsam an, als Bauer mit Ivana um die Ecke bog. Er fuhr auf der Ringstraße Richtung Süden.

‚Vielleicht fährt er nach Karlsruhe. Peterson wird wohl inzwischen zur Polizei gekrochen sein, gehen kann er ja nun nicht mehr.'

Saturini hatte ihm beide Kniescheiben zerschossen. Es hatte keinen Zweck gehabt, noch auf das Geld zu warten. Peterson war finanziell am Ende. Am Tag, bevor er bei ihm eingedrungen war, hatte es bereits in der Zeitung gestanden. Die Geschäfts- und die Privaträume des Beschuldigten waren durchsucht worden. Peterson wurde verhaftet. Der Artikel in der Berliner Zeitung hatte gewaltige Folgen für die Peterson AG gehabt. Die Anleger verloren das Vertrauen und stießen ihre Papiere ab. In kürzester Zeit fiel der Aktienkurs ins Bodenlose.

Peterson konnte über seine Konten nicht mehr verfügen. Selbst wenn er gewollt hätte – es war jetzt für ihn unmöglich, Saturinis Forderungen nachzukommen. Das wusste Saturini, aber er wollte Petersons Schuld nicht unbeglichen lassen. Deshalb drang er bei ihm ein. Jetzt würde er schnell verschwinden müssen.

Ein Häufchen Elend hatte da vor ihm gesessen. Die Wut hatte ihn gepackt, als er schoss. Diese Wut war nun gestillt. Jetzt musste er rauskommen, rauskommen aus der Schlinge, die sich immer enger um ihn zog. Da fiel ihm dieser Kriminalbeamte ein. Er wurde im Zusammenhang mit der Fahndung erwähnt. Ein Foto von der Pressekonferenz zeigte ihn auf dem Podium. Er war der ermittelnde Beamte.

Bei den Schecks in Seckenheim angekommen, verabschiedete sich Bauer von Ivana mit einem Kuss und er versprach ihr, sie am nächsten Morgen zum Flughafen zu bringen. Er würde sie um acht Uhr abholen, damit sie für die Fahrtstrecke genügend Zeit hätten.

Er wartete, bis Ivana das Haus betreten hatte und im Flur das Licht anging. Sie drehte sich noch einmal um und winkte Bauer zu. Dann schloss sie die Tür.

Dieses Ritual des abendlichen Abschiednehmens hatte sich zwischen den beiden schon eingespielt. Mehrfach hatte Bauer sie in den letzten Wochen zu den Schecks zurückgebracht. Ein paar Mal war sie nachts bei ihm geblieben.

Als die Tür geschlossen war, ließ Bauer den Motor an. Er sah einen kurzen Augenblick in den Rückspiegel. Dicht hinter ihm fuhr ein Auto aus der Parklücke, als er um die Ecke, in die Vorfahrtstraße einbog. Er fuhr weiter Richtung Autobahn. Ihm schien, als sei das Auto immer noch hinter ihm. Erst als er auf den Autobahnzubringer abbog, sah er keine Scheinwerfer mehr im Rückspiegel.

Die Autobahn war um diese Zeit leer. Nach Karlsruhe waren es von Mannheim aus etwa 60 Kilometer. Fast genauso weit wie nach Frankfurt, wohin er am nächsten Morgen Ivana bringen wollte. Bauer wäre gerne mit ihr nach Kroatien geflogen. Er freute sich darauf, dieses Land mit ihr zusammen kennenzulernen.

43

Gegen 22 Uhr traf Bauer im Karlsruher Krankenhaus ein. Ein Kollege wartete schon auf ihn. „Gehen wir rein“, sagte er. Bauer nickte. Auf dem Bett lag ein psychisch und physisch geschlagener Mann, der so gar nichts mehr mit dem selbstsicher auftretenden Geschäftsmann zu tun hatte, dessen Bild Bauer bisher nur aus den Zeitungen kannte. Peterson würde nie mehr gehen können. Bauer setzte sich auf den Stuhl am Bett. Der Karlsruher Kollege blieb stehen.

„Wie es Ihnen geht, Herr Peterson, brauche ich wohl nicht zu fragen, das sehe ich. Aber sagen Sie uns doch bitte, wie das passiert ist.“ Bauer hatte sein Aufnahmegerät auf den Nachttisch gestellt und angeschaltet.

„Als ich aus dem Untersuchungsgefängnis in mein Haus zurück kam, stand plötzlich Saturini vor mir. Wie er dort hineingekommen ist, weiß ich nicht. Sonst war niemand da. Meine Frau hat mich verlassen. Die Kinder hat sie gleich mitgenommen“, erzählte er unzusammenhängend.

„Ich habe mir immer eingebildet, meine Alarmanlage wäre sicher. Aber Profis wie dieser Saturini haben da immer ihre Methoden.“

„Was hat er von Ihnen gewollt?“

„Er wollte natürlich Geld. Ich solle ihm das Geld für seine Flucht geben, hat er verlangt und mir seine Pistole vor die Nase gehalten. Er wolle zunächst einmal 30 000 Euro von mir. Wenn er die nicht bekäme, würde er mich zum Krüppel schießen.“

„Haben Sie ihm das Geld gegeben?"

„Blödsinn, das sehen Sie doch. Er hat mich zum Krüppel geschossen. Ich konnte ihm das Geld nicht geben. Woher soll ich es denn nehmen, meine sämtlichen Konten sind doch gesperrt. Ich hätte es ihm gerne gegeben, glauben Sie mir. Leute wie er halten immer Wort. Das sehen Sie doch." Peterson weinte.

„Und danach ist er gegangen. Er hat mich da liegen lassen und ist gegangen. Ich habe dann Ihre Karlsruher Kollegen angerufen. Aber ich wollte auch mit Ihnen reden. Ich weiß, Sie ermitteln in Mannheim wegen des Mordes an Rehberger.

Saturini hat Rehberger umgebracht. Ich habe damit nichts zu tun. Saturini ist zu einem gewissen Prozentsatz an der Peterson AG beteiligt. Und im Falle des Flughafenausbaus wäre einiges mehr für ihn abgefallen.

Als die kleine Kroatin dem Stadtrat Rehberger gesteckt hatte, dass die Peterson AG auf dem Gebiet des Maschinenbaus kaum Marktanteile besitzt und hauptsächlich Gewinne mit Geldanlagen macht, drohte unser Vorhaben zu scheitern. Saturini wollte durch den Mord an der Kroatin und an Rehberger verhindern, dass die ganze Sache auffliegt."

Peterson machte eine Pause. Das Aufnahmegerät surrte leise. Der Unternehmer hatte offensichtlich große Schwierigkeiten zu sprechen. Der Arzt, der die beiden Polizisten begleitet hatte, riet, das Verhör jetzt abzubrechen. Peterson habe viel Blut verloren. Bauer wollte das Tonbandgerät gerade ausschalten, als Peterson die Hand hob, um anzudeuten, dass er noch etwas sagen wolle.

„Saturini ist noch hier – ich vermute in Mannheim. Dort kennt er sich sehr gut aus und hat Verwandte. Ein Lagerist im Hafen, soweit ich weiß. Er wird alles tun, um seinen Kopf aus der Schlinge zu ziehen. Er kennt keine Skrupel. Irgendwo in England war er mal in einer ähnlichen Situation. Da hat er die Frau des Chefinspektors entführt und Lösegeld erpresst.“

Bauer blickte Peterson ernst an und erinnerte sich plötzlich an die Scheinwerfer, die ihn verfolgt hatten, als er Ivana bei den Schecks abgesetzt hatte. An der Autobahnauffahrt waren sie auf einmal verschwunden. Jemand hatte ihn verfolgt. War es Saturini gewesen? Hatte der vermutet, dass er jetzt nach Karlsruhe fahren würde, um Peterson zu verhören? Eine solche Vermutung lag nahe.

Mit gespielter Gelassenheit steckte er das Tonbandgerät ein und ging mit seinem Kollegen zur Tür. Draußen handelte er rasch. Er nahm sein Handy und wählte Ivanas Nummer. Nach siebenmaligem Klingeln ging die Mailbox an. Er wählte die Privatnummer von Scheck. Auch hier hob niemand den Hörer ab und Frau Scheck hatte, wie er von Ivana wusste, einen leichten Schlaf.

Rasch wählte er Schecks Dienstnummer. Er erzählte in knappen Worten, was ihn beunruhigte. Scheck verstand sofort und gab Alarm. Bauer rannte zum Parkplatz und setzte das Blaulicht auf das Wagendach. Er startete und raste nach Mannheim. Gott sei Dank war kaum Verkehr, denn auf der Strecke zwischen Karlsruhe und Mannheim gab es viele Baustellen. Ein paar Mal wurde er geblitzt und unter normalen Umständen wäre sein Führerschein zumindest für eine lange Zeit eingezogen worden. Aber es herrschte der Ausnahmezustand.

44

Bauer benötigte nur 30 Minuten für eine Strecke, die an normalen Werktagen mindestens 45 Minuten, wenn nicht eine Stunde erforderte. Aber selbst wenn er noch viel schneller gefahren wäre, hätte er das Schlimme nicht verhindern können. Saturini war schon in das Haus der Schecks eingedrungen und hatte Ivana und Frau Scheck in seiner Gewalt.

Er war Bauer zunächst bis zum Autobahnzubringer gefolgt. Dann war er in die einsame Straße am Rand des Rheinparks zurückgekehrt und hatte das Haus beobachtet. Als er auf der gegenüberliegenden Seite den Wagen parkte, brannte in Ivanas Zimmer noch Licht. Er sah einen hin- und herlaufenden Schatten.

„Wahrscheinlich packt sie ihren Koffer", dachte er. „Irgendwann wird ja die Leiche ihrer Schwester zur Beisetzung freigegeben werden und dann ist ihre Mission in Mannheim erfüllt. Sie wird in ihre Heimat zurückkehren. Wahrscheinlich ist das jetzt der Fall", mutmaßte Saturini.

Als oben das Licht ausgeschaltet wurde, öffnete er so leise wie möglich die Wagentür und schlich über die Straße. Die kleine Gartenmauer war rasch überwunden und er stand im dunklen Garten hinter dem Haus.

Die Terrassentür stand offen. Der kühle Luftzug wirkte in dieser warmen Nacht angenehm. Die beiden Frauen ahnten nicht, was ihnen jetzt bevorstand. Saturini drang, noch nicht einmal besonders vorsichtig, ins Haus ein. Er stieg die Stufen in die obere Etage hinauf und öffnete die Tür zum Zimmer, in dem er Ivana vermutete.

Schecks Anwesen war umstellt. Anette stand zusammen mit einigen Polizisten am Fahrzeug der Einsatzleitung. Im Haus brannte kein Licht, aber alle wussten, dass Saturini sich dort verschanzt und die beiden Frauen in seiner Gewalt hatte. Als die Einsatzleitung den Scheinwerfer auf das Haus gerichtet hatte und befahl, den Strom einzuschalten, schoss er sofort. Bis zu diesem Zeitpunkt hatte er keine Forderungen gestellt. Aber es war anzunehmen, dass er bald welche stellen würde. Bauer hielt den Bereitschaftspolizisten seinen Ausweis vor die Nase und begab sich zu Anette und Scheck. Scheck war ganz verzweifelt, Anette merkwürdig ruhig. Scheck versuchte, so genau wie es ihm in seiner Situation möglich war, den Grundriss des Hauses zu zeichnen. Bei den Meterangaben schwankte er. „War diese Wand nun vier Meter oder nur drei Meter breit?"

Bauer interessierte vor allem, wie der Killer ins Haus gekommen war. „Vermutlich über die Terrasse. Ich hab meiner Frau schon hundertmal gesagt, sie soll die Terrassentür in der Nacht schließen. Aber sie liebt die frische Luft, besonders an Tagen wie heute, an denen es so heiß ist."

„Gibt es noch einen anderen Zugang?", wollte Bauer wissen. „Einen, den Saturini nicht kennt? Vielleicht hat er ihr Haus ja eine Zeit lang beobachtet. Möglich wäre es. Er hat mich beobachtet und sicher gesehen, dass ich Ivana zu Ihnen gebracht habe." Bauer berichtete kurz von dem, was ihm Peterson erzählt hatte.

„Mein Gott, er hat meine Frau und Ivana in seine Gewalt gebracht, um seine Haut zu retten?"

„Wir müssen warten, welche Forderungen er stellt. Ich muss mit ihm sprechen." Bauer nahm das Mikrofon des Einsatzleiters und rief über die Straße hinüber. „Saturini, hier spricht Kommissar Bauer. Lassen Sie die Frauen frei und kommen Sie mit erhobenen Händen aus der Haustür." Als Antwort ballerte ein Schuss von der anderen Seite. Er schrie mit rauchiger Stimme: „Ich will 300.000 Euro und dazu ein Fluchtfahrzeug. Wenn der Wagen nicht in einer halben Stunde vor der Tür steht, müssen die Frauen sterben." Wie um seine Forderung zu bekräftigen, schoss Saturini ein zweites Mal und traf den linken Vorderreifen des Fahrzeugs, an dem Bauer gerade lehnte. Bauer zuckte zusammen.

„Saturini, wir werden Ihre Forderungen erfüllen. Sie müssen uns aber etwas mehr Zeit geben, so schnell ist das nicht zu machen."

„Eine halbe Stunde sage ich, sonst sind die beiden Frauen tot." Wieder fiel ein Schuss. Diesmal durchlöcherte er den rechten Vorderreifen. Bauer ging in Deckung.

Der Einsatzleiter gab den Befehl, das Geld zu holen. Das Fluchtfahrzeug konnte in dieser kurzen Zeit nicht mehr sachgerecht präpariert werden. Darauf setzte Saturini vermutlich.

„Gibt es noch einen anderen Eingang in Ihr Haus?", wiederholte Bauer die bereits an Scheck gestellte Frage. Dieser schien erst nachdenken zu müssen. „Ja, es gibt einen Eingang durch die Garage. Eine Tür führt von da in die Küche. Wenn Saturini sich nicht zufällig in der Küche, sondern wie man vermuten kann, im oberen Stockwerk aufhält, ist das unsere Chance. Ich begleite Sie, ich kenne mein Haus." Bauer wollte abwehren. Scheck schien ihm für ein solches Unternehmen doch zu alt, aber er ließ sich dann doch umstimmen. Scheck hatte wirklich die beste Ortskenntnis und diese Ortskenntnis würde ihnen in dieser Situation von großem Nutzen sein.

„Anette, lenk' du Saturini ab. Vielleicht beobachtet er die

Straße. Lenk die Aufmerksamkeit auf den Konvoi, während Scheck und ich versuchen, die Straße zu überqueren." Anette nickte und überlegte einen Augenblick. Dann rief sie durchs Megafon. „Hier spricht Kommissarin Schreiber. Das Geld ist zu Ihnen auf dem Weg. Es wird in circa 20 Minuten hier sein. Es gibt einige Verzögerungen, aber bitte ..." Wieder krachte ein Schuss durch die Nacht.

„Der ist ja wirklich schießwütig", sagte Bauer zu Scheck. Scheck nickte. Zu diesem Zeitpunkt hatten sie bereits ihr erstes Ziel erreicht. Sie hatten die Straße unbemerkt überquert und standen im Schutz des Schattens, den die Gartenmauer warf.

Bauer wunderte sich, mit welcher Behändigkeit der doch schon in die Jahre gekommene Scheck über die Gartenmauer kletterte. Jetzt standen sie im Garten. Tatsächlich, die Terrassentür stand offen und war offensichtlich nicht beschädigt. Schecks Vermutung war also richtig gewesen. Der Mörder war problemlos in das Haus hineingekommen. Es wäre jetzt leicht gewesen, ihm auf seinem Weg zu folgen, aber das würde er wahrscheinlich erwarten und deshalb würde er die Terrasse wohl genau beobachten. Also müssten sie einen anderen Weg suchen, den durch die Garage.

Wie zwei Indianer auf dem Kriegspfad robbten sie um das Haus. Immer darauf bedacht, sich möglichst nahe am Gebäude zu halten und keinen Lärm zu verursachen. Ein falscher Schritt konnte verhängnisvoll sein. Nach zehn Minuten erreichten sie die Garage.

„Gott sei Dank hatte ich letzte Woche frei und konnte die Zeit nutzen, um die Garage aufzuräumen. Jetzt haben wir freien Zugang. Die Tür quietscht ein bisschen. Wir können sie nur ganz langsam öffnen", meinte Scheck.

Er machte sich an der Tür zu schaffen. Bauer entsicherte seine Pistole. Es dauerte ewig, bis sie in die Küche blicken konnten. Dort war es dunkel und sie hörten auch kein Geräusch. Schließlich wagten sie es, aus ihrem Versteck hervorzutreten. Auf Zehenspitzen, mit gezogenen Waffen, schlichen sie in die untere Etage. Oben waren Geräusche zu hören. Saturini hatte sich mit seinen beiden Opfern offenbar in Ivanas Zimmer verschanzt. Von dort aus hatte er den besten Blick auf die Straße und konnte somit die Polizeiaktivitäten genauestens beobachten.

Von den weiteren Schritten der beiden Polizisten hing nun das Schicksal von mehreren Menschen ab. Was sich draußen abspielen würde, schien Bauer einigermaßen vorhersehbar, als er Anettes Stimme durch den Lautsprecher hörte.

„Saturini, der Wagen mit dem Geld ist eingetroffen. Sie können jetzt rauskommen und unbehelligt das Anwesen verlassen. Geben Sie die beiden Frauen frei."

„Das mit dem Geld muss ich erst prüfen. Legt den Koffer vor die Haustür. Eine der Frauen wird ihn holen. Ich gebe dann Bescheid, wie's weitergeht."

Aus ihrem Versteck sahen die beiden Polizisten, wie Frau Scheck die Treppe herunterkam, die Tür öffnete, wortlos den Koffer nahm und ihn nach oben brachte.

Es dauerte eine Weile, bis die beiden Polizisten wieder Geräusche aus der oberen Etage hörten. Bauer vermutete, dass Saturini jetzt die Scheine überprüfte.

„In Ordnung", hörten sie ihn aus dem Fenster schreien. „Stellt das Auto an die Hofeinfahrt und verschwindet. Wenn ihr in fünf Minuten nicht aus meinem Blickfeld seid, passiert was."

Die beiden Polizisten hörten einen Wagen, der scheinbar vor dem Haus parkte. Dann hörten sie eine Weile gar nichts.

Oben auf der Treppe lösten sich einige Schatten. Saturini schob die beiden Frauen wie ein Schutzschild vor sich her. Er ging langsam die Treppe hinunter, so als rechne er damit, dass die Polizei bereits ins Haus eingedrungen sei.

„Er kalkuliert tatsächlich alles ein. In dieser Situation kommen wir nicht an ihn ran", ging es Bauer durch den Kopf. Doch da passierte etwas Unerwartetes. Ivana stellte Saturini ein Bein. Wie ein Mehlsack fiel er die Treppe hinunter und riss Frau Scheck dabei mit. Die Makarow fiel ihm aus der Hand. Als er unten aufknallte, stürzten sich die beiden Polizisten auf ihn. Saturini war gefangen, ohne dass ein weiterer Schuss gefallen war.

45

Die Befragung von Saturini fand im Mannheimer Gefängnis statt. Bauer, der ihn nach drei Wochen wiedersah, brauchte eine Weile, um sich an den Anblick dieses Menschen zu gewöhnen. Er wirkte auf ihn wie ein gebrochener Mann, der alles verloren hatte. Saturini konnte sich denken, dass er sein restliches Leben im Gefängnis verbringen würde. Er schien an der hiesigen Welt nicht mehr teilzunehmen. Ihm schien jetzt alles gleichgültig. Bereitwillig gab er den Mord an dem Stadtrat und an Ivanas Schwester zu. Auch bezüglich der Verwicklungen von Peterson in die Geschäfte der Mafia war er geständig. Die Peterson

AG diente dazu, Gelder zu waschen. Über seine Hintermänner schwieg er jedoch.

Staatsanwältin Dr. Werner hätte zu diesem Punkt gerne mehr erfahren, aber ausgerechnet in diesem Punkt erwies sich Saturini als wenig kooperativ. Seine Ehre stand auf dem Spiel.

Eines Morgens fand der Vollzugsbeamte Saturini tot in der Zelle. Er war an einer Überdosis Schlaftabletten gestorben. Niemand konnte sagen, wie dieses Zeug in seine Zelle gelangt war.

Etwa 14 Tage nach diesem Selbstmord wurden die beiden ermittelnden Beamten zu Polizeipräsident Mandel gerufen.

„Wir können die Ermittlungen in den drei Mordfällen jetzt abschließen. So lautet jedenfalls die Anweisung des Oberstaatsanwalts. Der Täter ist durch Selbstmord aus dem Leben geschieden. Weitere Täter gibt es nicht, also schließen wir die Akte."

„Was", rief Anette Schreiber erstaunt. „Und was ist mit Peterson und vor allem mit Frisch?"

„Peterson wird von der Wirtschaftsstrafkammer verurteilt. Ihm steht eine Anklage wegen schweren Betrugs und Steuerhinterziehung ins Haus. Sein Vermögen hat er verloren, seine Familie auch. Er ist ein gebrochener Mann, aber eine Beteiligung an den Morden kann ihm nicht nachgewiesen werden", beantwortete der Polizeipräsident die Frage.

„Und Frisch?", hakte Bauer nach.

„Tja, Frisch", antwortete der Polizeipräsident. „Frisch wird wohl in sein Amt zurückkehren. Persönlich hat er sich nichts zuschulden kommen lassen. Er wollte ja das Beste für die Stadt. Dass er sich dabei mit den falschen Leuten eingelassen hat, kann ihm juristisch nicht angelastet werden. Er wird wohl die nächsten Wahlen verlieren, aber bis dahin wird er im Amt bleiben.“

Für den Abend hatte Jürgen Bauer einige Kollegen in *Fausts Weinbar* eingeladen. Neben Anette und ihrem Mann war Hannes mit dabei und Lutz. Später kamen noch die Schecks. Frau Scheck trug noch einen Gipsverband. Sie hatte sich bei dem Sturz von der Treppe den Arm gebrochen. Es war ein gemütlicher Abend. Faust gab sich bei der Musikauswahl besondere Mühe.

„Wird Ivana wiederkommen?“, fragte Frau Scheck den Kommissar. „Ja, schon nächste Woche. Sie möchte hier in Mannheim bleiben und Anglistik studieren.“